U0929005

中阿典籍互译出版工程

مشروع تبادل الترجمة والنشر بين الصين والدول العربية

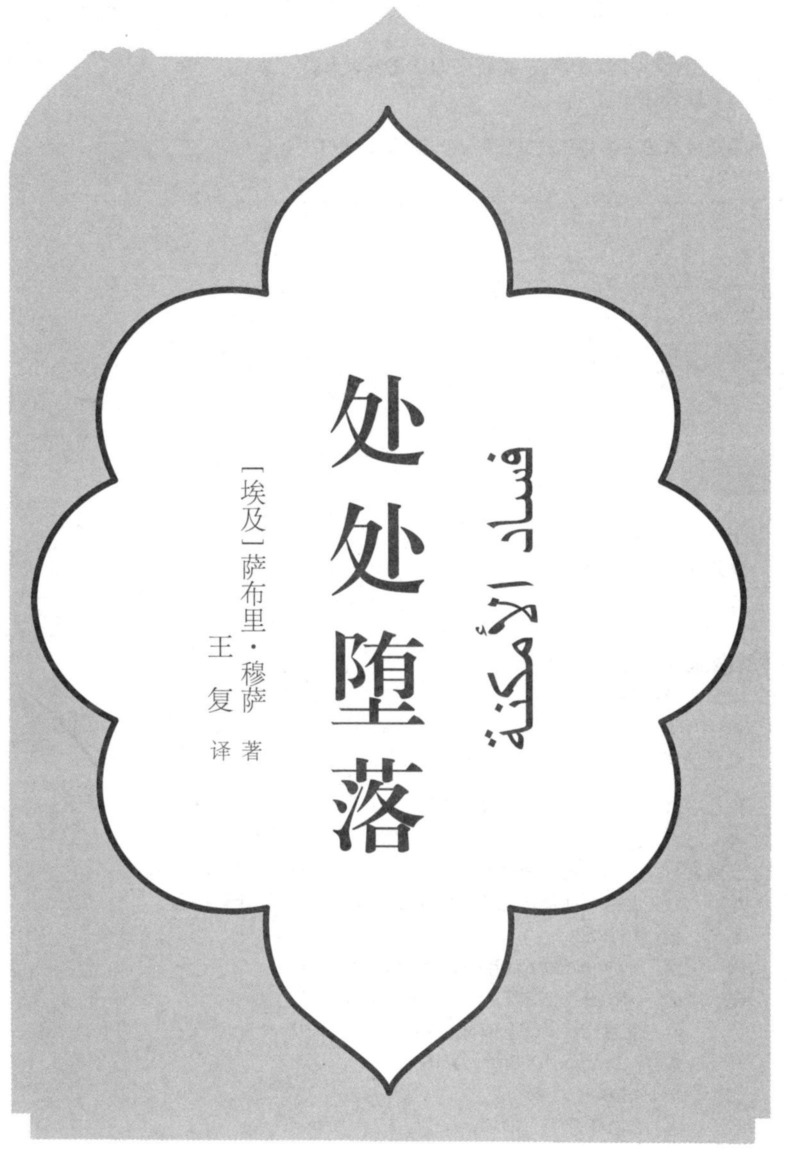

处处堕落

فساد الأمكنة

[埃及] 萨布里·穆萨 著

王 复 译

五洲传播出版社

图书在版编目（CIP）数据

处处堕落 /（埃及）萨布里·穆萨著；王复译．--
北京：五洲传播出版社，2017.6（2023.6重印）
ISBN 978-7-5085-3689-7

Ⅰ．①处… Ⅱ．①萨… ②王… Ⅲ．①长篇小说—埃
及—现代 Ⅳ．① I411.45

中国版本图书馆 CIP 数据核字（2017）第 141987 号

出 版 人：荆孝敏
策划编辑：郑　磊
责任编辑：姜　珊
助理编辑：杨　雪
装帧设计：管　斌
内文设计：高　洁

处处堕落

作　　者：萨布里·穆萨（埃及）
译　　者：王　复
出版发行：五洲传播出版社
地　　址：北京市海淀区北三环中路 31 号生产力大楼 B 座 6 层
邮　　编：100088
网　　址：www.cicc.org.cn www.thatsbooks.com
电　　话：010-82005927，010-82007837
印　　刷：北京天正元印务有限公司
开　　本：710mm × 1000mm 1/16
印　　张：11.5
字　　数：240 千字
版　　次：2017 年 7 月第 1 版
印　　次：2023 年 6 月第 2 次印刷
书　　号：ISBN 97 -7-5085-3689-7
定　　价：58.00 元

目录

亲爱的人们，请倾心聆听，今天我邀请诸位出席一个皇家盛宴，为你们提供城里人不曾品尝到的山珍；我将以我拙劣的口才为你们讲述那位悲剧人物尼古拉的一生……在那久远的年代，这位老人的母亲在一个已无人能记起的村镇里把他生下时，就用一位圣徒的名字称呼他。他渐渐长大，但令母亲难过的是，他总是感到吃惊，对眼前的一切颇感新奇。他虽然未曾体验和经历过，却总以孩童般的好奇和挚爱相对。

译者前言

阿拉伯当代文学的一座里程碑

作家萨布里·穆萨，1938年出生在埃及的杜姆亚特。先学习艺术，1950年开始从事新闻编辑工作，先后担任过埃及《消息》报和《时代》杂志等重要报刊的主编，发表了4部短篇小说集和3部长篇小说。还为多部埃及电影撰写剧本。1984年底开始撰写回忆录《新闻历程五十年》。

堪称伟大的作品，或反映时代的深邃，或指引时代的发展。埃及小说《处处堕落》恰是一部引导当代阿拉伯小说创作走向转折的作品，在阿拉伯文学界引起了强烈的反响。

1963年春天，萨布里·穆萨在埃及与苏丹边界附近的东部沙漠度过了一个晚上，看见了德尔希布山。那是萨布里·穆萨第一次去沙漠。他对沙漠的第二次访问，如他自己所述，是去拜谒位于这片沙漠深处的苏菲派斗士艾布·哈桑·沙兹里的墓地。在他第二次看见了德尔希布山时，一种强烈的创作欲望在心中产生，他意识到，他应该与其为伴，在那里住下，进入一个无限宽广、无限深邃的空间，去探索一种他在那里已经感受到的不寻常的关系。埃及文化部同意了他的请求。于是，从1966年1月至1967年1月萨布里在德尔希布山的沙漠中生活了整整一年，得到了丰收的硕果：创作了小说《处处堕落》。1970年，萨布里开始在埃及杂志《早安》上以连载的形式发表了他的这部小说，四年后全书出版。

在埃及东部沙漠的德尔希布大山里生活的一年里，萨布里获取了丰富的、从未被充分使用的人文资源，写了一个巨大的悲剧：源于内心深重的负罪感和作为父亲的责任感，主人公尼古拉竟在被罪恶包围的环境中，在纷杂的臆想里，认为自己和最亲爱的女儿发生了性关系，并且有了孩子，从而导致了惨绝人寰的悲剧……

“强奸”是该部小说的故事主题。如此大胆的选择，如此细腻而准确的语言和描写，使心颤抖，使情震撼。但是，谁又会想到，这种强奸是如此骄横和广泛……男人对女人的强奸，成年人对少年的强奸，人对大自然、沙漠、大山和大海的强奸，甚至还有人对动物的强奸！一个又一个事件，沉重地击打着读者的心！

这部小说独具特色，将自然精神与人文精神融为一体。全书用一种明艳的语言书写，以其优雅恬静和美丽，引领我们感受那片土地上发生的一切，打破了阿拉伯文坛长时间的沉默，使阿拉伯小说开始进行一种世界性的思想探索：人与自然的和谐。

《处处堕落》在阿拉伯文学生活中激起了相当大的反响。

萨布里运用大量的、各种不同的、互相支持的人文作品写作的经验，创作了这部思想深刻的长篇小说。阿拉伯文学评论家几乎一致认为，《处处堕落》是一部杰出的小说，萨布里以诗人的精神进行了创作，具有敏锐的社会意识和政治意识，超越了事物本身，同时呼唤着大自然与人，使二者在不同的情况下进行着不同的聚合，并将这一切用光明、优雅，稳重而富有魅力的标准阿拉伯语写出，创建了阿拉伯文学的一个里程碑。

《处处堕落》获得过很多奖项。埃及国内奖项包括国家小说鼓励奖、1974 年的国家文学奖、1975 年首届短篇和长篇小说共和国文学艺术奖、1992 年共和国文学艺术奖、1999 年国家优秀奖、2003 年国家荣誉奖，还获得了 1978 年非英语文学作品的美国飞马金奖。

（一）

说《处处堕落》是阿拉伯小说创作的一个里程碑，名副其实。当然，这并不是对萨布里·穆萨以前的作品，以及对全部阿拉伯小说的否定。将这本小说与作者的第一部小说《半米事件》相比，我们可以看到萨布里·穆萨选择了一条不同于他以前的小说创作的路径；若将这部小说和之前的埃及小说乃至阿拉伯小说进行比较，则可以看到他努力构建了一种新的叙事方法和从未涉猎过的想象空间。

小说离开了阿拉伯小说习惯性的地域：城市和农村，把人带到了一种全新的环境，带向了伸向大海的无垠的沙漠，那里的人们面对的是横亘的大山，尖利的岩石，成千上万条毒蛇，还有缺水的焦渴。

这是小说中的悲剧发生的地理空间，悲剧充满了斗争，人与大自然之间的斗争，生与死之间的斗争，正义与邪恶之间的斗争。斗争的各方在那沙漠和大海之间，激烈地角逐。

这种大海和沙漠连接的广大的地理空间赋予了作者更为广大的想象空间,作者以敏锐的社会知觉和穿透事物表象的目光，仰望沙漠和大海之上的天际，进入了合理却无羁的幻想空间。

（二）

作者试图用古老的传说和流行在本地的神话，像海洋新娘的故事一样，用最大的努力达到叙述的目的，显示语言隐喻本身的责任。首先，作者通过一个假设的目睹者，一只大鸟，为我们画出了小说里的事件发生的地方的图片：“若能望见翱翔天际的鸟儿小心振翅，不让那羽毛覆盖的头被岩石嶙峋的山巅撞击，便可看到德尔希布山俨然庞巨的新月，它肯定是在某个久远的时期从天而降，坠落成大地上的石头，用它那庞大的状如弯月的双臂，拥抱着一个寸草不生的近乎谷地的地方，几千年的风号和无尽的剥蚀，在那里种植了岩石的参差和坑洼组成的石林。”

假设的目睹者“鸟”和其在天空的目睹之处以及作者使用的比喻一起，使我们在故事开始时就置身于一个遥远的世界，而且是一个自然界的神话世界，所以不可能依靠通常的人类社会生活的意义使那里进行的一切理智化。这使得故事的叙述有时似乎是一种“圣经”的回声，具有抽象主义色彩。神话般开始的幻想景象以及所具有的遥远和空白，面对想象力的影响，不可避免地以一种隐喻的语言结束，努力填补接收者和图片之间的距离：“伊丽娅，那难于驾驭的情欲，就象那些大山，是一种放纵的欲望，也象周围那充满纯粹的静谧的沙漠，是一种更加放肆的欲望。”

萨布里·穆萨以耐心、宽容和对美的追求寻找着能够穿透现实深处的视野，让这种视野能够成为一种预言，存留在我们的精神里。

（三）

小说主人公尼古拉及其他的人物的出现，意大利建筑师马里奥，埃及帕夏，外国人安托尼和尼古拉的女儿伊丽娅的出现，以及后来出现的寻求各种乐趣、满足他们肆无忌惮的欲望的国王及其随行人员，导致了一种命定的冲突和悲剧的产生。也许在如此的结局中，有着丰富的内涵，表现这种内涵的，是出现在阿拉伯小说中的一种独特的叙事方法。

故事中的冲突不是那种永远存在的自然与人之间的冲突，而是所有在这个故事中发挥作用的人的情欲和贪婪、欲念的冲突，在聚合与分离、分裂，无罪与堕落之间，以及有序的奉献和贪婪之间的冲突。然而，这些意义和价值观的冲突并未产生一个阿拉伯小说惯有的象征性的故事或比喻，使其中的一些人物代表着无辜，另一些则代表腐败。这部小说中的冲突在一定程度上是一种如希腊悲剧一样的命定的悲剧，并非发生在绝对的善恶力量之间，而是在平等的力量之间，无论是正义还是罪恶，都是真正的悲剧。

尼古拉，伊丽娅，凯尔亚布和伊萨是悲剧的受害者，一方面表现出的是无辜，团结和慷慨的奉献，同时，他们又不是完全无辜的，因为他们都参与了腐败和贪婪，有着被禁止的欲望和傲慢。例如，尼古拉从一开始，就试图忠实于那座山及其居民所代表的自然的统一。他试图融于其中，因为他将其作为自己的国土，但是，他在那里的存在，却与其他方面一起，成为了一种勾结，破坏这种统一、泄露其秘密、掠夺其财富並使其枯竭的行为的勾结。这种勾结不仅限于在山上挖掘隧道，并在其洞穴中提取矿物，他这样做的目的不仅是获取，同时也是为了满足他对伊丽娅的被禁止欲望的满足。即使他这种欲望未被激起或没有满足，他与外国人安托尼和国王及其随从人员也没有什么区别，他们都把大自然当成了抛弃了一切价值和意义攫取财富后满足他们那些不正常的欲望的手段。最后，由于被罪恶感包围，他又导致他的女儿和孩子的死亡，这不是他精神混乱的结果，恰恰是罪恶的表现。而精神上的混乱就是在他的潜意识里罪恶感增长的结果，导致了混乱。在他内心，他意识到他已经违反了将他与他女儿和他所在地方联系在一起的正常关系。通过与安托尼之流的勾结，他已经侵犯了这座大山和那些来到这座大山满足自己私欲的人们与大山之间的自然关系，从而背叛了他想要将其当做家园的的地方。

（四）

这种不同类型的人物、不同因素和大自然的非同一般的聚合，开拓了阿拉伯小说的一个新的幻想区域，那么，它同时又将一种与纳吉布·马哈福兹等老一辈作家，和如尤素夫·伊德里斯和其后的亚希亚·塔希尔·阿卜杜拉、穆罕默德·巴萨蒂、易卜拉欣·阿斯兰及伽马尔·吉提尼等上个世纪六十年代的阿拉伯小说家（萨布里·穆萨正属于这一代作家）所不同的叙述语言赋予了作者。因为《处处堕落》背后的想象力与以前的作品没有共性，因此，必须使用一种具有高度隐喻能量的叙述，以满足描述不寻常的存在与历史的和现实的事件的目的，达到诠释书中所涉及到的歧视、无辜、团结、腐败，罪恶和贪婪的内涵的目的。

王复　北京

2017 年 6 月

关于这本小说

1963年的春天，我第一次来到离苏丹边境不远的东部沙漠（即阿拉伯沙漠），在德尔希布山过了一夜。就是在那个夜晚，这部小说的种子在我的感知中萌发了。

两年之后，在我拜谒苏菲派[①]斗士艾布·哈桑·沙兹里的墓地时，又一次在这片沙漠中心叫伊扎布的地方看见了德尔希布山。这第二次相见使我意识到：如果我想写这部小说，就必须与其为伴，在那里住下。

最后，文化部同意我住进沙漠，在德尔希布山一带整理思绪、进行写作，时间是1966年1月到1967年11月。

但是，直到1968年初，我才开始写作，1969年底收笔。1969年到1970年间，《早安》周刊曾以连载形式登载了这部

① 苏菲派，是伊斯兰教神秘主义派别，产生于7世纪末。历史上著名的苏菲派教团有卡迪里教团、里法伊教团、毛拉维教团、沙兹里教团、巴达维教团和拜克塔什教团等。他们的活动范围遍及整个伊斯兰世界。

小说。1973年7月，《金色图书》第204期首次刊载了该书（第一版）的全文。1974年，《处处堕落》获“埃及国家小说鼓励奖”，我个人荣获一级共和国艺术勋章。

萨布里·穆萨

第一章

德尔希布，并非完整的勾勒？

若能望见翱翔天际的鸟儿小心地振翅，不让那羽毛覆盖的头被岩石嶙峋的山巅碰撞，便可看到德尔希布山俨然是庞巨的新月。它肯定是在某个久远的时期从天而降，坠落成大地上的石头，用它那庞大的状如弯月的双臂，拥抱着一个寸草不生的近乎谷地的地方。几千年的风号和无尽的剥蚀，在那里种植了由参差的岩石和坑洼组成的石林。

如果那高飞的鸟儿注目凝视，定会看到那个以圣徒名字命名的老人尼古拉。他全身赤裸，置身于如地狱之火的八月骄阳之下。那布满粗沙砺石的环境之中，玄武岩、花岗石和其他已经变成石灰质的海中礁石，时而形成沟壑，时而筑起缓缓的山坡。尼古拉按照他自己的决定站在那里，在那盘陀弯曲、光滑难行的岩巅，在一块尖细的石头之上，摇摇摆摆地支撑着身体。

这石头是由石棉和有着利齿般刺凸的大理石构成的，还有那亿万年前的破碎的海螺。这位没有祖国的尼古拉就站在那里，在那烈焰燎烤的旷野里，独自一个人，全身赤裸，展开双臂，如同被绑缚在十字架上。沙漠的狂风不时地鞭笞着他，他却无法抓住那风的一丝一缕。

就这样，尼古拉天天如此……

那只鸟儿，就当它是一只东方的鹰隼吧，身披咖啡色的羽毛，长着黄色的利爪和喙，正从艾布拉格山启程，途经闪耀着羽毛般白色的祖尔盖尼阿姆山峰顶，向骆驼山谷（瓦迪吉玛勒山谷）的尸体盛宴飞去。有时，激烈的交配会导致一些母驼死在那里。就是这只鹰隼，每天都看见他在同一时间里被绑在他想象的、但又是必然的十字架上。

但是，就是鹰隼也拒绝在骄阳中天时飞行。此时此刻，只有苍天注视着正在进行自我折磨的尼古拉。他恐怖的举动甚至令上天惊呆、战栗、惶惑不已。

太阳刚刚开始偏斜，开始它的西下之行。阳光下，在那散溢着光裸的山岚气味的沙漠空地上，红色的岩石已经开始闪烁着火焰般的光芒，黑色的岩石已热得足以烘烤面饼。只有此时，那个悲剧性人物尼古拉才明白自己已不能用这种方法折磨自己了。于是，他将那赤裸的身子从那些光滑的岩石上滚落到位于德尔希布深处的栖身之处，以另一种方式继续他受难的仪式。

德尔希布山里的情况截然不同……

这里到处是人类的遗留。德尔希布山的深处呈拱形，从山顶缓缓走低，大约在半山腰处，地势开始变得平坦，出现了一个半圆的地方，那里建有一些木房子和一个卫生间。然后，平坦的圆形中央，形成了一个院落和三间房子。院子里散落着木块、破损的机器、黑色的油污和铁桶。这院子又被分开，形成了一条在岩石间时而上升、时而沉陷的路，沉陷之处伸延着，终于变成了荒野上一条开放式的隧道。在这里，人们可以看到德尔希布山洞，进而是入口和将人们带到德尔希布宝藏之处的大门。

但是，当人们背着他们的行囊离开这里时，那些宝藏便被抛弃了。他们走了，无一人返回。现在，除了尼古拉，没有人可以下到那个洞里。洞里有几条长长的路和通道,两边有房屋，有空场，都在从那神秘的入口往下一千米深的地方。在那延伸了几十公里的地方，在那些铺设着铁轨的坑道里，行进着运送石头和原料的车辆。当然，这一切都是尼古拉用其专家般的头脑勾描着和筹划着的景象。

在过去的若干年里，尼古拉已在德尔希布山的地下站立过几百次了。

在那寒冷而炎热的的隧道里，在那些被浓重的深绿色遮盖的白色的洞穴里，在那冰雪的天气里，在那些蜡质般的状如带刺的刀剑的物质的包围中，善良的尼古拉站在那里，为人们勾画着他们行走在深深的德尔希布地下的路径。他是在让他们用粗糙的手掌触摸它的内心……但是，他们都走了，把不能背负的东西丢在脑后；走了！而且居然大胆地妄想把尼古拉也带走！

风把沙漠里的灰土卷进尼古拉的嘴里，他唾了一口，然后用干干的舌头舔了舔他那干干的嘴唇，凝视着房屋前那个被毁掉的、被遗弃的院子。随后，用蹩脚的发音，从口中送出了阿拉伯式的漫骂。就是在那里，那些人曾经来来往往，干活，吃饭，玩纸牌，喝酒，发泄牢骚，倾倒愁烦——吵吵嚷嚷，喧哗不断。他们让自己所有的好和坏倾囊而出，作为伶俐聪颖和放荡淫乱的献祭，贡献给了这座山上的土石。当他们抛弃了自己真正的灵魂离去时，他们有多么愚蠢啊！

但是，那正是一切事物的本性。

他们来了，来了许多人；他们走了，也是许多人。他们总是能够把自己真正的灵魂带在身边。

尼古拉总是一个人留在德尔希布，“他们已经逃离了……”。

他严肃而愤怒地说着，然后又将声调变得轻柔，使语气变得温和，仿佛在同情他们的怯懦和退缩；仿佛也确信，他自己的能力很可能已经超过了他们，超过了这些终于成为自由的、独立的人们。不会有罪愆将他们拉回这个地方，也不会有过失将他们与这里联系在一起……在他们中间，难道不曾有人在这山间空地上，在那岩石边的靠垫上与他的女儿苟且行欢，让她生下了孩子；然后又趁她熟睡时，把那孩子偷走送给豺狼鬣狗为餐吗！

难道他们中不曾有人将他的女儿带进那些漆黑的、炎热的或冰冷的山中隧道，在那出殡的路上将她推在最前面，先经过尚在使用的隧道，再进入已经几百年无人踏入的隧道，然后将她丢在一个洞穴里，任那背叛的、崩塌的岩石将洞口封死吗？

眼见巨石把洞口封死，自己被关闭在里面，伊丽娅哭号着、嘶叫着，用她那染着美丽色彩的迷人的指甲在那漆黑的地牢里抓挠着石头。那哭喊声穿透了一个个隧道回荡着，从未停止。直到那崩塌的土灰堵住了她的喉咙，她才停止抓击岩石，以便能用她美丽的手指去抓她那迷人的项颈。但是，在她尚有一丝活动能力时，那断断续续的哭喊声却从未停止。尼古拉听到了，惶恐不已地向隧道奔去，仿佛是那些隧道在驱赶着他、抓着他，要把他带到伊丽娅身边；仿佛那在悲惨的哭号声中低吟的苦痛、失望和惊慌在斥责他，呼唤他留在她的身边；仿佛伊丽娅正在一个闭口不语的岩石之中的魔幻世界向他招手。他俩保证要一起生活，像以前那样并肩相依。像一个男人和他的女儿，或一个男人和他的母亲，或一个男人和他钟情的、心爱的女人那样，永远形影不离！

哪有如此的血缘亲情去阻止这些人们的逃离呢？

尼古拉弯曲着脖颈，疼痛一阵阵向他袭来。他用满是灰土的粗大手掌，抹着沾满灰土的裸体上奔流的汗水。结果，周身的毛孔都被灰土糊住了。

当木板房前的院子染遍太阳那如火一样的光芒时，土和沙已然如岩石燃烧后的灰烬……尼古拉一路蹒跚着向自己的家走去。

若我们与他结伴同行，便会看到，他的家只是一间木屋，一边放着一张医院病人或冶炼工人或军官们用的铁床。屋里纷杂各异的石头和工具告诉我们，这里曾经有过矿上工程师们的放肆而杂乱的生活。木墙上挂着各种沙漠地图……那天，当尼古拉看到铁桌子上的鱼罐头时，他还没有吃过东西。可是，他却皱起眉头、紧闭双唇，一副要拒绝的模样。

他抓起一只酒瓶，竟然是空的。昨天他就拿起过这只瓶子，已经发现它是空的了。不一会，他又拿起了它，当然还是空的……此时此刻，在这蛮荒之地，上哪儿能弄到酒呢？

老尼古拉仍然赤着双脚。他那副欧洲人的身躯已完全变成了地道的深棕色，浓密的头发已完全霜白，像一堆棉花，身体肥瘦适中……他把手伸向一瓶红色酒精，往嘴里倒了一口，顿感火在脑袋和身体里燃烧了起来，那种痛苦他太清楚不过了。于是，他用双臂压住前胸和腹部，以抵抗那种令他蜷缩曲背的痛……可是，没过多久，那麻痹的热浪开始升腾，冲向他那疲惫的头脑了。

一张小木桌上有一张棋盘，尼古拉把它拿到院子里。棋盘上留有些红黑棋子，有的还在原来的地方，那是两天前他一个人下的那局残棋；现在，赤身裸体的他又站在棋盘旁端详着。

那天，红棋的王正面临被黑马保护的兵的直接威胁；黑王平安无事，但遭到两个红车的进逼……眼看黑方要赢，下一步该红方了。尼古拉伸出手，让红方的王退回马步圈内，再以兵下方的黑车去攻红方的王……他光着身子站着，思考了片刻，撤回了红方的王。就这样，他一直先在这边进攻，转过一圈又去对面退守……他既非放松娱乐，也不是消磨时光；他既是攻方，又是对手；是红方，又是黑方。

就这样挪了两步棋。尼古拉回到木屋里，啜了一口酒精，马上返身回到院里，痛苦地扭曲着身子继续他的进攻与后退，继续着他自己决定的受难的仪式。结果是注定的，最终必定会有失败者。尼古拉的伟大就在于他虽然早已知道结局，却仍在继续拼搏。

棋盘太神奇了！那些被刻成不同等级的会说话的人形棋子

和不会言语的物形棋子都在上面滑动。棋盘上有国王，马和象是他的坐骑，骑士就是他的大臣，而战车和城堡则是他的敌手和隐蔽处。那些兵卒则是他的子民，都是从一个口袋里涌出。国王、骑士还有农民，每个人都各尽其力、各有其命，而尼古拉的命则是失败。所以，他的所得也就是失败……就这样，他被钉在他那隐形的苦难的十字架上继续并重复着这个失败，仿佛他就是那位年迈的古希腊人，推动着那块笨重的巨石向那永远无法到达的峰顶执着地爬行、

攀登。眼看峰顶在望，巨石却轰然滚落。他只能重拾下山之路，从头开始再往上推……[①]夕阳已完全沉落在西方，浓重的黑暗吞噬着。

沙漠上的黄、红和绿，直至将其全部笼罩。于是，那灼人的酷热也由拂面的微风变成刺骨的凛冽，无穷的天际、起伏的山岚也变成了传说中的鬼怪……天空开始飘起雪花，昏暗的天色中尼古拉已无法分辨。他抄起一条毯子把自己裹上，蜷缩着靠在德尔希布的岩石上，目视着东方天边的火星。火星正用它那石竹花般的红色轻柔地俯视着阿拉伯半岛，而西方天际的木星也开始在那遥远的地方——利比亚沙漠的上方踟蹰徘徊。尼古拉的万千思绪，在上苍创造的无边无际的穹宇中游弋、徜徉……

---

① 在古希腊神话中，有一个故事：西西弗斯因为在天庭犯了法，被大神惩罚，降到人世间来受苦。对他的惩罚是：要推一块石头上山。每天，西西弗斯都要费很大的劲把那块石头推到山顶，然后回家休息，但到了晚上石头又会自动地滚下来。于是，第二天又要把那块石头往山上推。这样，西西弗斯所面临的是永无止境的失败。大神要惩罚西西弗斯，也就是要折磨他的心灵，让他在“永无止境的失败”的命运中受苦受难。

第二章

那时，人们都在谈论祖国，没有祖国的尼古拉满腹愁伤，心神憔悴地躲开那些谈话，独处一隅，那可以让他归属的祖国在哪里？

当他尚是 7 岁的孩童时，他的家就离开了俄罗斯的那个城市。做牙医的父亲在伊斯坦布尔定居下来，而这就是他所知道的关于父亲的最后的消息。他则经常和他的两个兄弟辗转多地、迁移不止，终于，两个兄弟也各自浪迹他乡。

那太久太多的徒步使尼古拉获得了知识，但付出了沉重的代价……在又一个二十年里，为他传递两个兄弟信息的路中断了，无法在他那永远的流浪迁移中继续陪伴他。

那个女人是高加索人，也在迁徙流浪，还不到三十岁。那惊艳的美貌攫取着人的感官，只需一瞥，心便会发生痴醉的颤抖。正当他醉心于女性之时，对女人的钟情已成为他最突出的特点。但是，他的钟情里显露着温柔和矜持，是一种几近贞洁的精神之恋。这与他周围蕴藏着碘矿的环境大相径庭，地理学家们将那块土地称为地中海流域，那是一个将女人视为情欲之鱼的饲料的地方。当然，今天这可能已经变成了一种历史的判断。因为，无论在何处，女人都已经变成野蛮的肉欲之鱼的食物了。

那个高加索女人说：“尼古拉，今天我可要好好地教化教化你，把你牢牢地拴在这块土地上。我决不会再听任你马不停蹄地从一地飘向另一地了。”

也许正是他那虚伪的贞洁吸引了她，点燃了她的全部活力，催促着她去攫取他。那时，他往往在做梦时也想着跟她们中的每一个人产生绝世之恋，达到近乎完美的相互理解，使两人能在广阔的天空中翱翔，永远不停地展翅，而不是蜷缩在某个温暖的、安全的地方或躲进安心的、舒适的利爪之下。

但是，两只翅膀总比四只更为自由和活跃，他的爱未及升华就已经化成了深厚而悲伤的友情。她们中没有一个人能明白，此刻已变成了单方的友情和另一方的爱。正如此，他几乎已完全从所在之地解脱了。

也许就是这种矛盾将他的“妻子”——第一个伊丽娅吸引到他身边的。他在意大利的一个海边认识了这个流浪的高加索女人，她在那里为情人们搭建爱巢，她那惊人的美貌攫取着人们的感官。仅仅在第一次的惊鸿一瞥中，便会产生世界末日里的痴醉的颤抖。

当时，她和父亲在岸边开了个小餐馆。有时，那个冷酷、壮实的父亲竟能当着顾客的面动手打她。尼古拉来了，决定留在那餐馆里打份工时，姑娘竟把自己都给了他。事情发生在他刚获得工作的六七个小时后……他还没来得及在安置他的餐厅工具房后面新床上躺下，伊丽娅就冲了进来，第一次把身子给了他。可是，即便如此，她也无法真正完全地占有他……在岸边那块沐浴着轻柔、微弱光线的大岩石上，当她向他讲述着餐馆要建一个梦寐以求的夜总会的方案时，尽管他的身子与她缠绵纠结在一起，可他的灵魂却依然翱翔在远方，向着他没有去过的各种各样的新地方。趁着淡淡的光，在人工栽培的树下，情人们正交换着在他们看来是永不枯竭的炽热的情欲。

安稳、定居是她的追求和希冀；而他，尚是一个思想、原则都尚未成熟的年轻人。于是，他屈从了，娶了她，生下了女儿小伊丽娅。

她说：尼古拉，我要不停地培养你、训练你，要为你生个儿子，让他把你拴住，永远留在这里，让你的翅膀不能继续飞行。

但她却生了个女孩。除了不停地跟她做爱，他没有找到什么可以补偿他那已经变成友情的爱。他给女孩起了一个和她母亲同样美丽的名字：伊丽娅。

他的生活中有了两个女人，都叫伊丽娅。一种未能变成爱情的友情将他和她俩联系在一起——一个是妻子，另一个是女儿。

当母亲伊丽娅规划着如何摆脱实现其理想的绊脚石——她的父亲时，想到借助尼古拉，便对他说：击打一个人的后脑不会置这个人于死地的。她想让那个老东西摆脱在阳光下遭受的一切劳累，在他们美好的祝福和对其功德的承认的伴随下，奔向主的广阔无边的天堂，把如此丰厚的资产留给他们，他俩就可为小伊丽娅规划将来了。

可是，那时尼古拉正忙于与他那位冒险家、冶金工程师朋友见面。那位朋友正以一块历史悠久的了不起的土地吸引着他，发源于浩瀚沙漠的尼罗河将这块土地分割成两半，再将其带向大海之滨。这块土地的大山里蕴藏着无数的矿藏，但那里的居民无法掌控这些宝藏。任何一个外来的陌生人，不管他是谁，只要进行勘探，找到了矿藏，然后弄来一个挖采的许可证，就可以成为至今尚无主宰的大山中的某座山的主人。

刚愎控制了尼古拉，他梦想着成为一座山的主人，在那浩瀚的宇宙里享受着他的独尊。

当尼古拉蹑手蹑脚地跑到他那位冒险的朋友那里时，由于后脑遭受的那一击，他那个老岳父离主的天堂只有一步之遥了。于是，他丢下了两个都叫伊丽娅的女人，与那位朋友一起飘洋过海，走向了北方。

那是在五十年前，还是四十年前?

经过这漫长的、久远的过去，他从德尔希布山上高峻的孤独里俯瞰远望，他明白了自己已经为他亲爱的女友和女儿——小伊丽娅规划了与她母亲大伊丽娅梦想的大相径庭的未来。

而且，他同时也为她安排了悲惨不幸的结局……在同一时间活着，但又死亡。在这座大山的深远处，在一个被封闭死的废弃的洞穴里……而他正和那位冒险的朋友马里奥工程师凝视着那广袤的沙漠，梦想着去拥有它……

现在，悲惨的尼古拉确实拥有了他的山，可他付出了何等惨重和恐怖的代价!

对于它们的居民，这些大山坚守着自己的秘密，这些沙漠显示着暧昧的封闭。这些大山和沙漠的居民均属于布加特部族，他们是来自亚洲的最古老的非洲居民，与尼古拉有着古老的亲缘关系。那些传诵着古老故事的人们说，他们是古实·本·哈桑的后代，在大洪水之后流落到了这里。

他们本是拜物教徒，崇拜偶像，伊斯兰教出现后，皈依了伊斯兰教；但依然过着游牧生活，使用着自己的语言，并因他们执着的传统而闻名。尽管沙漠生活艰难，每年的绝大部分时间，谷地荒瘠，泉井干枯；但他们仍然执拗地坚守着这些大山的岩石，生存繁衍并分聚成不同的分支和部落，有白沙利叶、阿巴比代、布朱斯和白努阿米尔等，分散在自法老时代遗留下的水井和泉眼周围，使用着刀剑、铠甲、长矛和匕首等。他们的长刀的形状和十字军战争里俘虏们使用的相像，席地而睡时枕于头下。枕头都是木制的，和图坦卡蒙金枕的形状完全一样。他们随着骆驼和羊群，辗转于山峦间，

在从埃及的比尔舍拉泰因到苏丹边境的沿海平原的牧场上支起女人们用埃及棕榈叶柄做的帐篷，在帐篷前的大石头上烤面饼，一口口呷着煮开的黑色咖啡，任骆驼去寻找那宝贵稀缺的沙漠植物。

在不同的季节里，他们把驼队带向南边的苏丹或西边的基纳，卖了骆驼和羊，买回豆、菜和烟草。帐篷鳞次栉比，男人们在一块状似半圆形的地面上活动，讨价还价，卖出牲口，买回食物和饰品。最后，接过骆驼缰绳，踏着祖辈们素来有序的步子，走上山间已被踏平了的小路……五天就可以到达尼罗河畔的基纳；不过，想要到能俯瞰苏丹边境的阿勒白山区，则需要九天到十天。

归期将至，白沙利叶人、阿巴比代人和所有留在沙漠里的人都全部出动，在众所周知的路标处迎接驼队。他们翘首天际，期盼着看到归来队伍的踪影。他们太穷了，穷困和被剥夺了的一切使他们疲惫不堪，但对来自他们世界以外的东西的渴望正驱动着他们的好奇……啊，驼队来了，他们那充满勇敢和忍耐的心充满欢欣和快乐，歌舞欢唱不断。只要驼队载回了烟卷、香料、豆蔻和糖果，沙漠顿时俨然是郁郁葱葱的绿洲了。

在那遥远遥远的一天里，沙漠里的那些游牧民，一圈圈地坐在路标处或像祈祷那样跪坐在那里，遥望天际，等待着驼队的出现。来了……一队人马走进了沙漠，那是几个被一些手持枪、鞭的骆驼骑兵拥簇的“先生”、贝克①和工程师。这中间还有山路间的向导。他们走着，打量着这些山，询问着山的名字，尽量把这一切都记录在纸上。

然后，他们离开了沙漠，消失了一年后又带来了第二支驼队，带着设备、工具，开始在这山脉里勘探，仿佛在寻找着什么重要的、神秘的宝藏，而这些游牧人却对此一无所知。

游牧人充满了好奇。

好奇并非坏事，他们生性讨厌外来的陌生人，尽量躲避和远离他们。因此，当这些陌生人设法让当地的贝都因人也来参加打开大山的工作时，他们拒绝了，是一种极端的、个人至上的自豪感让他们拒绝的。但是，好奇心又控制了某些人。于是，这些人便给陌生人做了向导，带着他们连同帐篷和机器设备，踏上了永远充满危险的宽阔的沙漠之路，走进了当初陌生人点出了名字的大山里。那些陌生人中绝大部分是外国人，他们既

① 帝制时期，土耳其和埃及的爵位。

非生活在最南边的祖先的后代，亦非那些定居在最北面的子孙的后裔。这些有着红红面孔的陌生人来自那尽是咸水的大海的彼岸。

通过跟这些先生们的接触，为数不多的贝都因人发现了一个秘密。秘密一传开，所有的贝都因人都明白了：山里的石头中包含了好多矿物，陌生人正为之而来。

就是这些做向导的，把关于他们生活中有关这些大山的丰富知识卖给了这批先生们，这里面就有伊萨。他正默默地牵着尼古拉的骆驼，仿佛内心深处正承受着他不能承受之重。那位驼背上新来的先生，正像一个被惊呆的孩子，不停地摇晃着身子。他可是第一次跟沙漠相遇。

那天早上，伊萨停了两次。那时，他们正离开阿里长老在阿拉曼的家向山里的沙漠进发。伊萨借故停下，偷偷窥视着天真无邪的尼古拉，他正像个孩子一样，被眼前这块远未被开发的沙地里的一切景象深深吸引。

可能就是在这驻足窥视的两次中的某一次，伊萨开始喜欢上尼古拉了。记得14岁那年，伊萨的部落为他佩带上短刀，以示对其已达成年男性年龄的认可。从那时起，伊萨就开始观察这些陌生人，以一种与生俱有的热情注视着他们的一切行动。

在那久远的年代，那些大山便与那榔头的敲击声和炸药的爆炸声彼此呼应，一个个山洞里塞满了当局从尼罗河谷地弄来的工人。要求他们在这些外国佬的监管下敲碎洞里的岩石，而那些外国人也在那里建立起一种令伊萨不解、却又激起他惊奇的社会生活。

外来人和一个工程师聚在他们精致的帐篷里，当他们在纸张上规划着山洞和巷道的入口时,伙夫们正在为他们烧烤食物,准备罐头水果。洞里的工人吃的只能是使他们脊背承受住巨大负重的粗粝的食物。正是那显得比较优厚的工钱把他们吸引进了这些洞里：一个壮劳力每天的工钱是十个基尔什（一元）;而在村里干活，劳动一天最多只能拿到一个到两个基尔什。

一次，外国雇主有事找阿里长老，伊萨就跟着叔叔进了矿井。

那是在夜里，他们到达时，那个外国人已经入睡，他们只得去工人的住地等主人在翌日清晨醒来。一支火把照亮了那块地方:呈现在伊萨眼前的工人宿舍近乎半圆形，由破烂的铁桶、山上的干树枝、旧木头和一些石头拼搭成的排铺杂乱无章，房子破烂不堪。生活在棕榈树叶柄搭建的帐篷里的他，怎么能想象出人的生命是如何在这里蠕动的呢?因为他帐篷的四周至少都是面向苍天，朝向山谷，敞敞亮亮，沐浴着天然洁净之光。

后来，还有让他更惊奇不已的事：这些在棚子里居住的人们又在进行着怎样一种不可思议的工作，而且还是在属于他的大山的洞里。

从那无人知晓的遥远的年代开始,那些庞巨的岩石就已经待在这沙漠里了。时光、雨雪和风暴改变着它们,让它们内部滋生出几十种矿藏。如今，伊萨目睹了这些矿藏，自己的手也紧紧地攥过它们,那可是一些色彩各异、质地迥然不同的东西。

当探测器确定了矿脉的存在，这些来自尼罗河谷的工人就动手在山里挖掘。他们只知道动手挖，不懂什么时候停。大山的深处已然是一块合法自由之地，只要有矿脉在招手，在吸引着，他们马上就开动挖掘机挖出，通过巷道，再铺上铁轨,运出洞外。外面自有骆驼将矿石驮走，运出沙漠。

伊萨知道并摸清了，这些被从尼罗河谷弄来的工人，在这些洞里从事着一种何等伟大的工作。在那四五百米深的大山的腹内，当他们中任何一人举起大锤时，他都十分明白，头顶上的那些石头随时可能坍塌，切断他的生命之路。

或许就是这一切，在不知不觉中，在他心里种下了忧虑的种子。他不止一百次经过矿井，看到井里的外国人，看到骆驼把矿石运往通向海边的路上。于是,这颗种子慢慢地生根结果，在他心中郁积成一种压抑的愤怒。最后，以一种惶惑的仇恨，对这些宝藏，对这些男人竭尽全力、疲惫不堪地从大山里、从他的世界里采出的财富产生了质疑：这是谁的权利？谁又是这些宝藏真正的主人？

第三章

银色的黎明从沟壑的深处和谷地之间升起，出现在赛克利、哈马塔、艾布乌孙、斯姆尤基、祖尔盖尼阿姆和艾布拉格山的后方。穿过浓重的夜色，悄悄地渗透着、扩散着。它驱赶着黑暗，将其化为云朵和草木，任其在沙漠的平缓的高处及永恒的天际的尖峰上盘旋，那可是近在咫尺而又无法触及的天际啊！

第一缕晨光触碰到尼古拉，把他弄醒了。他把自己赤裸裸的裹在仅有的一条毯子里，躺在德尔希布的岩石上。昨夜，石头上结过冰，现在开始返出点暖气，出现了潮润的露滴。尼古拉开始辗转无眠了。

他翻身坐起，毯子下露出半截赤裸的身子：一头浓密的白头发，一嘴密密的白胡子，一条参差的白眉毛。他揉揉双眼，直起身子，任毯子滑落到双膝周围拖在地上。他伸伸腰背，唤醒自己的肋骨，然后迈过山石，穿过三间木屋前的院子，小心翼翼的不去碰翻那一整夜都放在小木墩上的棋盘，来到自己的房前。

他俯身从屋子一侧的桶里舀出一杯水，双手轮流往脸上、脖子上泼;稍停，又舀起一杯，大口喝了起来。接着，灌满壶，俯身转向身旁两块石头间的一个土坑，把坑里堆着的碎木和柴火重新排放整齐，点上火，把水壶挂在上方。

尼古拉开始了他新的一天。

早餐是苦茶。之后，在山坡尚未披上金色、太阳尚未从银色的天际后俯瞰大地之前，他就开始往山巅上爬。当沙漠一块又一块地裸露在金色的阳光下时，他已经快到山顶了。他让目光在坡地间、低谷间游弋，然后跃上峰巅。清晨的气息夹带着纯洁的芬芳，穿过干燥的平川和鲜花盛开的原野，骚动了他那赤裸的、温热的躯体。思恋加上心满意足的痴醉让尼古拉浑身颤抖，他沉浸在幸福里。

在那些极为短暂的时间里，在清晨与黎明、金光与银光，以及每天开始的接受磨难的仪式之间，尼古拉真的十分开心。他第一次踏进沙漠就被其控制的感觉又回到了身边。

五十年前，也可能是四十年前，看到如此这般的日出，尼古拉的心也曾颤抖过。旧日流动的、一瞬即逝的缱绻在他体内躁动，那是对不可能满足的欲望的如饥似渴的迷恋。他自认为完全可以催赶着骆驼，迅速奔向那位于金光和银光之间的平直的天际，在朝阳尚未跳上天空前紧紧地把它抓住。

记得当时，他晃晃悠悠地骑在骆驼上，周围的一切俨然是一篇神话。身边的那个工程师马里奥也学着他的样子，摇摇晃晃地骑着骆驼。

他俩身后跟着另外三匹骆驼，分别驮着工人、工具和干粮。

马里奥的合伙人——埃及人海利勒帕夏[①]说，

这片沙漠里的贝都因人牧羊、放骆驼，不去矿井干活。于是，他就从上埃及拉来了两名挖掘工、两名木工、两名搬运工，他们都骑在一头骆驼上。第二头骆驼的背上驮着油、米、面、奶油、茶、糖和烟。第三头驮的是木头、火药、挖掘工具和装载工具。帕夏对马里奥说过：我负责投资，你只管施工。

两人成了合伙人。晚饭是在沙漠向导阿里长老位于阿拉曼港口的木房子里吃的，老人给他们烤了一条大鱼，鱼是他的孩子们从木屋墙外波涛汹涌的红海里抓到的。帕夏拿出两瓶威士忌，庆祝项目开始实施。夜半刚过，阿里长老就叫醒了工人和骆驼，让驼队准备出发。帕夏站在那里和他们道别并祝他们好运。此时此刻，他内心深处或许正梦想着那些金块。正是他现在派出的这支小小的驼队，把从这座赛克利大山的利爪间夺来的黄金源源不断运送给他！

所有人都梦想得到黄金，而尼古拉已是眼花缭乱，在翩迁的思想海洋里梦想着把事物弄个明白。

在那久远久远的清晨，在他走过的山路上，他们只见过两三棵树。

荒凉的土地上，只有树木才能产生荫凉。所以，贝都因人都把羊群赶到这些树荫下，用粗麻布拉起棚子，直到羊群再也无法找到一片绿叶或吃到一棵绿草时，他们才拆掉棚子离开。

在这点点绿荫下，时不时地还会冒出一个人，拦住驼队。他把前臂搭在眼睛上方，向队伍挥动着一把锈蚀的长剑，嘴里念着谁也听不懂的语词。这时，阿里长老就往他手里的容器里

---

① 土耳其高级文武官员的尊称。

倒点儿水，再塞上一支烟。那人接过烟马上蹲下，贪婪地大吸一口。阿里长老脚不停步，边跟他告别，边连声念叨：这是白沙利叶人。

那男人光着脚，头两侧的长发披到肩头，还效法古代的法老人，在头发上抹了一层混有檀香末的山羊油脂。

那天，在去往沙漠的途中，马里奥开口道：“尼古拉，这些人应该都是你的姻亲。你老婆不是流浪的高加索人吗，他们也来自高加索山。很早很早以前，他们穿过沙姆地区，跨越西奈半岛，再沿红海的东海岸来到厄立特里亚。途中，大部分人在尼罗河的东部、苏丹和埃及的沙漠里定居了。”

听完这番话，尼古拉看着他那有着黝黑皮肤的姻亲们，又一头雾水、十分不解地看看自己那一身像欧洲人似的白皙的皮肤。

马里奥接着对他说：“在非洲烈日灼烤下进行的五千年的迁徙，保证能把你的皮肤烧焦，给它涂上深深的咖啡色。但是，高加索人的鼻子绝不会改变。你仔细看看，他们脸上那高耸俯视的鼻子不是和你妻子伊丽娅的一模一样吗！”

能在同一时间里既厚颜无耻又严肃正经，这就是马里奥的本事！

山坡旁、谷地边时不时地会出现一堆白骨或插着一截枯枝，枝头上飘着一小块布，这在沙漠里是亡灵的标志。尼古拉看着，周身不禁漾起一阵战栗。

白骨是骆驼的尸骨，再仔细看，不难发现它已散落成一堆，看来死亡时间肯定已经很长了。是什么东西突袭了那正在行进中的骆驼，使其毙命？有时，尼古拉也能看到一整个仍被颈骨支撑着的、抬着头的骆驼头盖骨。由此，他可以断定这头骆驼死亡时正坐卧着，高傲地打量着这片沙漠。最后，沙漠里的猛禽吃光了它的肉。数百年的风吹日晒，使留下的尸骨变成了岩石上闪烁的亮白标志。

骆驼死亡后，大地的沙土便会将其掩埋在瞑目之地。

因此可以看到，无论它是死在山石上还是平原地区的边缘，它的嘴都因焦渴而干裂，双目因炎热和死亡而紧闭。

也有可能看到死在路标下的骆驼。它在寻找人影和动物的足迹，或在搜寻哪怕只有一滴水的地方，但长途跋涉已经使它精疲力竭，直至死亡。

尼古拉直面过沙漠里死亡的威胁。人一旦落进岩石间，确是茫然无措的。一天两天地找路找水，到第三天或第四天，他发现自己仍是孑然一身，独处于无边无际的山峦之间。喉咙干了，胸腔干了，四肢和双唇干裂了，心中充满了恐惧，但求生的本能依然迫使他忽而向左、忽而向右地去找水井。他匍匐爬行直到无力起身，渐渐地失去了干渴的感觉。那时，呼吸已无法通过干燥的喉头。最后，挣扎在昏迷与苏醒中的他滑倒在地，完全放弃了爬起来的欲望。

也还是那天，尼古拉自忖道："我已经尽力而为了，如今只求能安静地死去。"想罢，他合上双目，只求平安……当他再次睁开眼睛时，眼前却是那个面目丑陋的伊萨。他腰间挎着一把剑，正从羊皮口袋里舀出水来往自己的嘴里倒。

他们在赛克利山住了下来，在那废弃的旧矿井里开始了生活。工人们在把老路平整后，大伙就可以进入隧道，摸着那里的矿石，寻找含有黄金的矿脉。

就是在那些坑道里，尼古拉学到了冶炼的秘密，明白了他虽成不了第一个冶炼者，但也绝不会是最后一个。

也就是这些废弃的坑道，给他讲述了古老的法老们的故事。是他们最先从岩石里采掘出金矿，他们之后又来了罗马人、阿拉伯人，而他本人就是属于这个矿井的……当时，埃及总督穆罕默德·阿里就把他的阿尔巴尼亚工人派到这里，规定每两个月给他送去八镑黄金。

这些情况和信息使他满心欢喜。当他看到那些被磨碎但尚未筛选的矿石时，看到水银洗选过程中铜质容器里的闪亮的黄金颗粒结晶时，心中顿时燃起一股因胜利而产生的伟大的激情。

他开始思索着那些细小的金粒：它们先在模具里被压缩成块，最后交到帕夏位于开罗的办公室。但是，这次金块没能送入帕夏的办公室。

事情是这样的：因为金块太大、太重，夜间，工人们临时将其存放在石头制的冶炼炉里。翌日清晨，金块不翼而飞了！

头一天入夜时分，伊萨带着他的三个手下，持枪携械潜入赛克利矿，拿走了炉膛里全部的两磅重的金块，装进自己的口袋，随即和同伙一起消失在沙漠的夜色里。那时，人们都已入睡，伊萨本人根本不曾理智地去考虑什么权利和公正，他心中忧虑的种子尚未能长出引导积聚在他内心里的压抑的力量。

那天，他站在矿井旁的空地上，看到尼古拉第一次拿到两年来艰辛劳动的成果——金块。那是这帮为数不多、各持己见、选择了这座山并把自己作为赌注进行投资的人们，以殚心之力和劳累的痛苦收获的金块。一种流淌在他那古老的布加特人血脉中的本能的愤怒，令他全身战栗不已；仿佛一种命运的力量正要求他去完成一项尚未知晓、莫测高深的工作。

也是那个白天，伊萨看见埃及帕夏的合伙人——那个外国人马里奥站在尼古拉身边，一面欢欣鼓舞地拍着巴掌，一面斜眼盯着围在炉子周围的工人。他们满脸都是痴醉的兴奋，个个睁大眼睛盯着那些金块，仿佛谁都不信它们竟诞生于那些巨大的岩石之中。并且在过去的两年里，就是他们自己用手指挖出来的，用脊背从大山深处背到地面上的！马里奥阻断了他们的惊异，命令伊萨把他们带走，并宰了两头羊犒赏他们。

就这样，事情确如他父亲白舍尔所说："金子是属于那些外来的人的。对本地人来说，仅够一两个人填饱肚子！"

于是，他开始观察这些外来的人。两年前的某个清晨，是他把他们从阿拉曼港口带进这片沙漠的。想想那时，他们有多谦虚和简单，甚至在大山里转悠时还有人表露出了孩童般的惊讶。哪像现在，一个个我行我素、自作主张，仿佛已经完全拥有了这片大山。

也许，就是这种思想，催动伊萨去拿金块；也许，他就是要以这种方式来肯定他对这片大山的拥有权并摧毁这些外来人的控制力，吓退他们那高傲的、孔雀般的骄横。

他从没想过要占有黄金……他决定要把它拿在手里，但立即又决定将它送回原处。

金块在伊萨那紧贴前胸的口袋里，铠甲似的保护着他免遭那些外来人从背后抛掷来的未知的凶险。他和三个旅伴赶着骆驼在沙漠里迤逦南行，前方的天际线与那遥不可及的大海的海岸线是平行的。他们穿过萨马迪角，经过沙姆，看到了西边的宰牙来山，在黎明前一小时来到了巴格达迪角。然后，和晨光一起穿过骆驼谷，往南奔向比尔兰吉、哈马特和拉斯努克拉，黄昏时俯瞰到了大海。然后，他们从这里折向西方，再次踏进沙漠。他们把两千年前托勒密·祖玛尔为纪念自己有非洲黑人血统的女儿而修建的巴拉尼斯古城抛在身后，著名的白纳斯湾则出现在他们的左侧……在巴吐加山上歇息了片刻后，三人又奔向比尔舍拉泰因。越过祖尔赛尼阿姆山之后，两天之后，到达了白色圣山阿勒白……于是，大家喘着粗气倒在山脚下，俨然一群从神圣之旅归来的使者在做着虔诚的祈祷。

以前，绿树生长的傲视天际的圣山，总是从它的一个个峰顶上俯瞰脚下的羊群，那是生活在它那神圣的绿荫下的野羊群…… 后来，羊群后退了，进入山坡周围平坦的绿色平川，唯恐从山顶跌落……就在这些尖尖的、粗硬冰凉的岩石中间，一股甘甜的、清冽的泉水从山的南边和两侧流出，潺潺地流入伊扎布山谷，滋润那片至今为止无人能创造出的浓密的森林。当地的布加特部族的人们则坚信，这潺潺而来的泉水源自他们最老的祖先库卡·卢旺卡。他在山深处的一个山洞里祈祷、修行，度过了终生。光阴荏苒，从未停止的修行使他的身躯化成了这座大山中的一块岩石。当他的灵魂去挖掘峰顶时，泉水迸涌而出，为他们在这山谷里备下了一片森林。

就这样，在那个很早的清晨，在那个很早很早前拥抱了库卡·卢旺卡的山洞里，他的一个子孙伊萨从怀里掏出金锭摆在石头上，转身跟同伴一起站在石头周围，仿佛要让先祖过来亲眼看看他们的行动，并向他强调，他的子子孙孙仍然掌控着沙漠和大山的大权。

白沙利叶、阿巴比代和布加特其他各分支的族人也都是这样做的。每当有情况发生，给他们带来了心灵的疲惫时，人人都怀揣忧患、肩负所为，来到高耸入云的大山上。雾霭在山岫间回绕，白色的云海也遮不住那生长在峰巅上的耀眼的绿色。

自从他们的先祖踏上了高傲的阿勒白山，他们便有了一个承诺：让这座山变成他们的圣地。无论是奔向北方、南方或西方，还是迎接着那些从东面跨海而来的、一批又一批接连不断的迁徙者们，无论何时，这座山都在激发、驱使他们来到它的面前，最终回到阿勒白身旁。

他们说，当真主创造了亚当，并把尘世一点一点展示给他时，亚当看到了埃及，看到了阿勒白山沐浴着光芒，俨然是一座白色的山。便将其称之为“被保护的圣山”，并为这块土地祈祷，祝福它富饶、吉祥。

但是，有个疑问始终萦绕在他们心头：这古老的亚当是否就是他们的先祖库卡·卢旺卡呢？

伊萨站在山坡上，为了让他那身处山洞里的先祖听到，他大声地述说着，倾倒着心中的一切。然后，双手高举金锭，仿佛让它更能贴近先祖那双岩石的眼睛。阳光散落在发出耀眼光芒的金块的边缘。他告诉先祖，他会把它们重新放回矿井里原来的地方。这行为不是他的仗义和道德所不允许的偷盗，而仅仅是为了让先祖高兴，以便能指引他通过沙漠中的道路，去向繁荣的牧场和丰沛的水源。

伊萨的几个亲朋好友离开山脚来到他身边，站在他的周围。一个个身躯挺拔、牙齿洁白，满头浓密的头发被结成了发辫。他们抓起金锭在阳光下反复看了几遍，然后将其扔在石头上，鉴别其硬度和纯度。最后还到他手上时，没有忘记送上祝福。

伊萨再次将金锭揣进怀里，拉起骆驼，日夜兼程地和同伴一起返回了矿区。

入夜，伴着沙漠里迷人的月光和美丽的星星，骆驼驮着他们如离弦之箭般一路飞奔。清晨，他们已走近一个像地狱般恶劣的地方，看到地上有一顶帽子。伊萨认出这是尼古拉的，便立刻让同伴们一起来找这个外来人。大家开始分头搜寻足迹，嗅闻地面。两个小时后，终于找到了。他趴在一块石头上，干裂的手指上凝结着血痂，深深地插进地里，完全是一副正在找水的模样。

他好像是几个小时前才咽的气。伊萨走过去，俯身在他胸口听了听，用水擦了一下他的脸，小心翼翼地往他嘴里滴了几滴水。这样做能使喉管柔软、胸腔湿润，之后身体方能接受更多的水。尼古拉终于睁开眼睛了，哆哆嗦嗦地嘬了一小口水。伊萨脱下斗篷盖在他身上，把他抱上了自己的骆驼。

那已经是很遥远的时刻了，在经历了五天的迷途和焦渴后，尼古拉没有获得他所期待的死亡。他那淌着鲜血的、插进土里的手指根本无法从石头里找到水。

同样，他也没能找到那被偷走的金锭，就是为了找它，才来到这片沙漠的！

他哪里知道金锭就在伊萨胸前的口袋里。此时的伊萨正默默地牵着骆驼从死亡之山走向生命之谷，那种怡然之情就和他牵着自己的骆驼，第一次把自己带进这片沙漠时的怡然自得一模一样。

穿过阿拉基谷地的古城遗址，穿过神舍夫山谷、斯基特山谷和艾勒赫里特的古堡废墟，踏上了法老士兵和古罗马皇帝的古道，那些进犯之路、侵略之路，或押送被判处到矿井劳役，或采集装潢法老王室、罗马皇宫或宗庙的廊柱的雪花石的俘虏的道路。他们跨过岩石，返回矿井。

这支小小的簇拥着尼古拉的队伍的目光碰上了这些废弃的古矿井时，也在岩石上看到了一些古文字。

尼古拉因惶恐、虔诚而浑身颤抖。这个地方已控制了他那燃烧着的渴求翱翔愿望的感官，他觉得自己马上就要找到他期求归属的那个地方。

他就要找到祖国了。

他断定已经得到了伊萨，那个作为兄弟和朋友的伊萨。

他还没有气力说话，也无法动弹，只能目视着他，有时也打量一下周围的沙漠。大漠漫漫，只剩下褪色的沙粒和褪色的蓝天，以及在阳光下变得愈发浓重的大地的呼吸。远远望去，如茫茫蜃景。尼古拉陷入了沉思。

开始是呈现在天际的浓密阴影，千真万确，只是一片阴影。可当他再一凝眸，却看到了拱顶、宣礼塔、围墙和大门。他可以发誓，确实看到了枝叶繁茂、结实累累的大树，如波涛般涌动着。

他使劲地想解开这阴影中所包藏的秘密，可这秘密时而将阴影化成拱顶、宣礼塔，时而又让花园、喷泉出现。更叫人恐怖的是，他确信自己看到了这一切。

现在，他才恍然大悟，原来那个秘密就在自己的心里。

当时，他的意识还有些清醒，使他明白这种希冀和愿望，正是人类为他们自己设下的陷阱，让他们气喘吁吁地奔向它，然后跌落其中。现在，他正在骆驼背上享受着这些对沙漠了如指掌的强悍的男子汉们的关怀。他放心了，稳稳端坐着，观赏景色，边解析，边思考。

昨天，正是这幅蜃景，通过他那迷失的双眼在引导着他。在那没有树荫、没有人迹的无边无际的地狱般的岩石中间，焦渴使双唇干裂的他迷失茫然、不知所向，以急切的渴慕向它奔去，只求在它的拱顶之下获得平安，从它的喷泉和树下吸吮甘泉。他奔跑着，摔倒了，爬起来继续跑，在那焦渴产生的不可思议的力量的推动下奔跑着。终于，全部气力散尽，咽喉和嘴唇均已干裂，他跌倒在石头上，没能到达任何一座拱顶或那些茂密的树木跟前，因为那一切都不过是他的需要臆造出来的虚妄。

第四章

在那些年月里，外国人的话至高无上，几乎享有世代遗传的权利。

譬如，任何一个埃及公民，如果没有得到英国占领者颁发的签证，就不得越过新开罗四公里外的沙漠。

尼古拉目睹了那巨大的财富是如何被弄走的，是如何扩大和膨胀的，但那都发生在很遥远的日子里。那时，英国人在沙漠里建立起了骆驼骑兵小分队，配备有枪支和棍棒，表面上说是为了防止边境地区发生的偷渡和走私，实际上是保护那些分布在沙漠和大山里的外国公司——他们一直在那里寻找黄金、铜、铅、锡等矿藏。

自从那次事件发生后，这些大山里从未再发生过所谓的偷盗事件。那次，一支装着克尔白天房罩子和艾米尔施舍的钱财的驼队行进在去圣地麦加朝圣的路上。队伍在穿过沙漠中的大山行走在盖夫特和艾勒盖绥尔之间时，遭到了麦阿兹部落里伊萨叔伯所属的人们的袭击。事后，部落头领们聚在今天被叫作朱赫的山旁分赃，这山的名字就源于被劫掠的天房罩的呢绒。分赃刚刚结束，大穆罕默德·阿里搞的“驯化运动”就降临到了他们的头上。拿走了他们的骆驼和所有的赃物，并把麦阿兹部落里所有的男女、姑娘和儿童都当作俘虏带走了，送到了城堡前空地上的奴隶市场里。从此，沙漠里再没发生过通常所谓的偷盗事件。阿拉伯人在矿井周围捡来一些用过的铁桶和木头，搭建棚舍或做个容器等，但矿主们从不将其视为偷窃。

但是，这次的事情太大了，边境的骆驼骑兵从比尔舍拉泰因开过来，一些人留在矿井，另一些则奔向沙漠，去追偷金贼。埃及帕夏海利勒火冒三丈，拿他在首都所有的关系和结识的权势人物来进行威胁。人们在天井里给他让出了一块舒适的地方，一个随从又从他的包里掏出一卷卷糖果和一提篮包着玻璃纸的水果。他端坐着，先要消解疲惫之旅带来的干渴。马里奥惶恐不安，以惊吓过度的口吻在一边向他讲述着发生的一切：那天早上他们醒来后就没看见尼古拉，也没看见金锭……海利勒帕夏听着，满心狐疑，不时扭头盯着马里奥的面孔，像在思索：会不会就是这个马里奥和他的朋友共同策划了这出把戏。

可是，帕夏就是帕夏，尽管他一直和这些外国人打交道，把自己的利益和他们的利益联系在一起，但是他那传统的狡猾的警觉性始终醒觉着。

从合伙人海利勒帕夏的眼神里，马里奥已经感觉到了这种指责性的警觉，他愤怒了。中烧的怒火在两人之间拉起了一道隐约可见的厚厚的幔帐。在接下去的五天里，两人无话交流，只剩帕夏独自一人在矿井里负责调查。

他们彼此疏远着，每个人都以自己建立起的孤独表示着傲慢和冷淡。周围的贝都因人、工人和骆驼骑兵队则更像是一些多余的东西，这次事件使他们丧失了接受和思考的能力，默默地耷拉着脑袋，即便是低声耳语，也只是一种揣度与琢磨。

第六天，黎明时分，矿井的天井里响起一阵阵骆驼的嘈杂声。人们都爬了起来，只见那连日来不断在沙漠里进行搜索的骆驼骑兵队，带着丰饶的猎物回来了！

惊愕让海利勒帕夏张开的下颌无法合拢。马里奥始终直挺挺地站着，眼睁睁地看着尼古拉从伊萨的骆驼上下来，而伊萨则被骑兵绑他的绳子绊倒在地。所有的人都确信无疑，伊萨就是那个盗金贼，尼古拉是同伙！

骆驼骑兵队队长对海利勒帕夏说，他们在乃格里斯山旁碰到了伊萨和他的伙伴,便对他们实施了包围。他的伙伴们跑了，只剩下他和尼古拉落到他们手中,金锭就在伊萨的怀里。

尼古拉则说,夜里他看见几个人影走出了矿井，便去追，不幸迷路了，是伊萨把他从沙漠的死亡线上救回来的。伊萨绝不可能是贼。当他发现尼古拉并把他救起时，他可能已经找到了被抢走的金锭，正在返回矿井的路上。

伊萨却缄口不语。

金子回来了，海利勒帕夏顿觉释然，没有什么再让他不快的了。现在要做的就是保持威严和权势，或是把外露的高兴和轻松藏回心头。

看到尼古拉对伊萨明显的袒护，帕夏竟然放任疑云继续存在并环绕在马里奥的周围，因为他有可能参与了事件的策划……直到现在，尼古拉也没能把事情弄清楚，那可能是一种深藏的阴损和狡诈吧！多年已过，他能够确定，在那久远的一天，帕夏把他和伊萨一起监管起来，并非一种徒劳。因为他需要认真地梳理事情的通盘，然后再做出决定。

在关闭他俩的若干个漫长的小时里，海利勒帕夏在矿井的天井里来回踱步。然后又下到巷道里，在满腹狐疑的马里奥的陪同下检查机械和工具。尼古拉确信,在那天井的木制囚牢里，他和那个可以以其生命为其担保的贝都因人伊萨一起被关押，但他无力向他伸出援手。因为监牢外面有持枪握鞭的骆驼骑兵在看守，就是在这里,他获得了新生。

望着伊萨眼中那自信无辜的目光，愤怒竟使尼古拉浑身颤抖，是伊萨的沉默把他惹怒了。

尼古拉的愤怒震撼了伊萨。就是这个外国人，唯一的外国人，当他带着他穿行在他生活的沙漠里的大山之间，偷偷地窥视着他，见到他像一个孩童般的痴迷和惊奇时就喜欢上的唯一的外国人。

也许,共同的禁闭,消除了两人之间的种族和肤色的隔膜。

伊萨开始向尼古拉讲述充斥于胸的不安，他说他拿金子是想给他的先祖看看，然后再拿回来……当那从大山腹中取出的果实的亮光反射在山坡上时，一种如潮水般汹涌的愿望控制了他的感官，这种感觉不止一次地、强烈地引起他的怀疑……那是在夕照之时，在那逐渐褪色的红光的照耀下，他觉得这些大山上的嶙峋坚硬的岩石正在环抱着一种肉、血和骨头的混合物，是那些在古老的矿井下窒息而死，或者在采矿的地道里被突然而至的岩石塌方埋葬的男人们的混合物。他真怀疑,这山是由肉和血构成的!

如果不是尼古拉，而是另外什么人，听着伊萨在那些时刻讲述的这一切，他绝不会明白他说的是什么，也绝不可能相信。

但是，尼古拉感觉到了新生，他就是这新生的果实。

从这位以天生的本能面对周围大自然的贝都因人的话中，尼古拉揭示着生命和精神归属的真正含义……他接受了伊萨。

而且，他用自己的胸怀和心拥抱了他。

由于侄子成了被怀疑对象，阿里长老低垂着头，满脸羞愧地来到了大山。

金子回来了，但真相尚无。按照他们的法规，他必须以火来辨别是非和真伪。

让伊萨在燃烧的薪火上行走，如果他说的是实话，他会安全无恙，火不会伤害他。

海利勒帕夏同意了阿里长老的建议，因为他特别重视跟长老的关系。这样，他在沙漠里获得的好处可以很多很多。再说了，他还可以通过这个事件达到他的目的，深深地刺激一下马里奥，使他再无机会跟他分金子。他的聪明使他明白，把调查从沙漠转到镇里，决不会给他带来些许好处；把一帮贝都因人送进他的监狱，甚至将他们处死，对他毫无裨益。他十分清楚，他在这沙漠里的威严依然如故。

阿里长老命令工人在屋前挖了一个长 3 米宽 1 米的坑，坑里堆满了碎木和柴火。命令一下，火点着了，任性地在木头上燃着、烧着……就在那个炎热的黄昏，沉默以其忧伤的阴影残酷地折磨着围成一个圆圈的阿里长老、他的手下和矿工们。他们满怀焦虑，紧张地注视着越烧越旺的火焰，只见木头逐渐变成了炽热的火炭，灼热的火舌却仍似贪婪的魔鬼在跳跃。

按海利勒帕夏的命令，人们把伊萨拉到了火坑前。伊萨挺起胸膛，坚定地注视着叔叔的眼睛，用本族的方言高声大喊着，一再肯定他从不曾有过偷窃的念头，他是在送回金锭的路上被抓的。

准备就绪的尼古拉哆哆嗦嗦地站着，死盯着这位埃及海利勒帕夏。只见他的两片嘴唇里不时吐出几句下流的玩笑，以冲淡这悲剧性的沉重气氛，而他自己也十分清楚，实际上，在他的周围也只有他一个人能听到自己开的玩笑。所有人都默不作声，无法对他的玩笑调侃做出回应。他们只能让不安的目光在挺直了消瘦身躯的伊萨和那大坑里燃烧着的柴火间不停地移动着。那柴火已经引着了木块，并把它变成了火炭。在这炎热的黄昏里，火炭上那短小的火舌几乎看不到了，但依然在上窜跳跃。一个旧日的场景竟突然浮现在脑海：阿拉曼港的沙滩上，海利勒帕夏那位比他小二十一岁、叫伊格巴勒·哈尼姆的妻子，大方地将她那半裸的、柔软的躯体展现在马里奥面前。坐在对面的马里奥也半裸着，他从身边的水中拣拾起色彩如波浪般变幻的小贝壳，逐个码放在那个女人赤裸的身体上。贝壳在落日余晖的照耀下，个个闪着耀眼的光芒，宛如颗颗宝石点缀着那具胴体，并添加了不少妩媚。不一会，隐藏在壳里的那软软黏黏的生物，感觉到了那躯体送出的温暖，伸出了软软的触角，背着它的小屋子兴致盎然地在女人的肉体上四处蠕动，绕过脖子，爬上乳房，又下到腹部，停在肚脐边上。伊格巴勒·哈尼姆被挑逗得咯咯地笑着、喊着，任喊叫和笑声恣意放荡。于是，在那片尚未被开发的海滩上，一种乔装的恐惧与快活从她那充满欲望的嘴里脱缰而出。

就在那个黄昏，在阿里长老家的木制阳台上，在他们享受用烤羊羔的方法烤制的大鱼的最后的晚餐上，在他们出发来到这座大山的夜里，海利勒帕夏的好朋友为他们斟上了威士忌。他那位在离他几米远的赤身露体的妻子，正让她那淫荡的笑声充满那块未被开垦的海滩。

在那个傍晚，他是否像他此时此刻这样站在这不幸的大山上听到了那声音？那时，他看到欲火中烧中烧的马里奥用他赤裸的双臂拢住自己妻子的肉体，然后将她抱起，向大海走去，离开了大家的目光。在迷幻般的沙漠的夕照下，走进了平静的、波光粼粼的水里，仿佛那就是一张神话般的温床，专为那燃烧着欲火的相会铺展。那么，就在那个傍晚，他是否会像他此时此刻一样，在这不幸的大山上谛听？

尼古拉想着，注视着贝都因人伊萨。伊萨向那长长的火坑投上了迅速而悲伤的一瞥，然后弯腰脱掉草鞋，从深褐色的、消瘦的双脚处挽起裤腿。之后，他把胸膛高高挺起，迈出一只脚，极目远望天际，走上了火堆。那时，他极有可能本能地看到了古老时日的深处，看到了奈姆鲁德[①]正把伊布拉欣[②]推向火堆。可是，后者却平安地从火里走出来了。他看到了古巴比伦奇迹，那努布赫滋·纳绥尔把他的三个子民捆绑后扔进火里，可他们却自由地从火中走出，既没被捆绑，连衣服都没有烧着。

伊萨非常相信那些关于他祖辈们的故事，并以其本能感觉并确信他没有做任何强奸别人权利的事情。这种本能的感觉使

---

① 古巴比伦王。

② 阿拉伯语音译。《旧约全书》阿拉伯语音译。《旧约全书》称“亚伯拉罕”。与阿丹、努哈、穆萨、尔撒和穆罕默德并称为安拉的六大使者，亦系犹太教和基督教推崇的圣人和希伯来人的祖先。

他那在常人难以想象的艰难中受到锤炼的身躯竟能与烈火产生的痛苦和睦相处。他穿过了烈火，一次又一次，然后是第三次。在众目睽睽之下，在烈火上安然无恙地走了过去，拾起两只鞋，躺在地上，对着众人把双脚伸开，仿佛要所有的人都来证实他的无辜。

贝都因人总是世世代代锤炼着自己的躯体，使之与沙漠强加给他们的残酷的生存条件和睦与共。那么，眼前发生的一幕，对于他们中的任何一个人来说，还算奇怪吗！

对于他们来说，事情就应该是这样的，一个有德性的、高尚的、思想深邃的男人，不能谎言欺骗、为贼偷盗和龌龊通奸。谁犯下其中的一个错误，便会被人鄙视，姑娘也拒绝嫁他为妻。他如果出现在任何一个人们围坐着喝咖啡的圈子里，送水的人会把杯子送到他跟前，佯装是为他奉上的，但当他伸手准备去接时，对方立刻把杯里的咖啡泼在地上，以示对他的蔑视。于是，他当然会一言不发地离席而去，大多数情况下是永远地离开沙漠，去向一个无人知其错误或罪愆之地。

沙漠在他们心中植下了各种优良的美德，他们也以此为武器，应对日常生活里的各种危险。我们在城市里，随随便便犯下的反对我们自己和他人的罪过，在我们的心里和头脑里积聚起来，凝结成雾气，遮蔽着我们的眼睛和脚步，使我们像盲兽样在生活中拼命挣扎。城市里拥塞，拥塞就是混乱、竞争和野蛮；而他们的沙漠生活则是稀有，小小的过失就变得惹人眼目，使犯过失的人遭到驱逐。它所变幻成的积压在心头的雾障则更浓厚、更沉重！因此，沙漠里的生活之路需要尖锐的、纯净的洞察力和目光，以避开危险。

他们的美德赐予他们纯净的真诚，由此，他们便拥有一种天生与就的、充满心安的感觉。当贝都因人迷失在沙漠的酷热和细软的沙子中时，这种真诚便会照亮他的思路，为他指明方向……当他熟睡在沙漠之夜，蛇蝎趋近他的身体时，这种真诚便会为其敲响警惕危险的钟声。

大家在火坑边上围着，惊诧不已的尼古拉从海利勒帕夏的身后爬了出来，在伊萨旁边坐下后，一把抓起他的双脚拥在胸前。

这双脚掌烫得惊人，仿佛皮肉里储存的是炭火的烈焰。现在，它在自己的怀里，在心脏的旁边。

在这启迪灵感的时刻，是一种什么样的包容的感觉把他掌控！他与那块地方融合了，融化于其中。在闭着双目的伊萨的耳边，他低声讲述着内心的秘密和澎湃的热情。他说，他想跟着伊萨，沿着那望不到边际的遥远的海边去南方，一起穿过拉斯塞马迪，经过沙尔姆和骆驼谷、比尔兰吉、哈马特、著名的白纳斯海湾和具有非洲土著血统的白拉尼斯公主城的遗址，然后再以他们因团结一致而产生的勇气面对沙暴狂风，到达神圣的白山阿勒白。到了那里，尼古拉将以其欧洲人的额头去顶礼膜拜，去触及胜利之门，以表其无限的崇敬和敬重。伊萨则将他介绍给他们那伟大的先祖，那块岩石。

他对伊萨说，他愿意和他一起，浪迹于那些大山的深处和蜿蜒曲折的山路上，去认识他那些古老的亲戚，他的叔伯、�舅和有着姻亲的族人。

尼古拉全身赤裸，置身于那如地狱之火般的八月的骄阳之下。在那布满粗砂砾石的环境中，在玄武岩、花岗岩和其他的石灰石以及经过亿万年已经变成石灰质的贝类的怀抱之中，他摇摇晃晃地站在那磨难他、让他赎罪的十字架上，思索着，望着阳光下闪亮的、光秃的山岚。那里，红色的岩石已经开始闪耀着火焰般的光芒，黑色的石头已经热得可以烘烤面饼了。

他想象着：生活在这片大山里的纯朴的贝都因人，在与大自然的搏斗中，他们以纯净的本性接受着它的残酷和温和……当他用充满慈爱和驯顺的目光打量那如燃烧的火焰般的指向深空的大山时，驰骋的想象让他看见了，就在这些大山的背后，站着几百座光裸的、被清新的春天的云轴环绕的山。它们用脖颈拥抱着，与那和大海相连的天际相互调情……也许，他看到了贝都因女子从头到脚把自己裹着，围绕着这些山里孤寂的树木转悠，以示她们对这些树木的尊崇并许下神圣的愿望，把铁钉、各式珠子挂在它们的枝条上，用各种豆类、油壶和古钱币装饰着它们……于是，尼古拉又一次确信，只有这里的生活才适合真正的人类，适合那些厌恶城市的人们。那是充满了野蛮、残暴生物的城市。

他满心自豪，啜了一口酒精，五脏六腑好似燃起一阵烈火，周身麻痹，痴醉地向旷野送出一声呼喊……马里奥决定离开时，他却坚持留下来的做法是正确的。

他难道可以忘却他的救命恩人、朋友伊萨曾在他眼前的火坑上走了三次吗？

第五章

很久以前的一个早晨，白哈·哈吉[①]花一角钱买了一个小笔记本。他用复写铅笔在本子的头一页记下了下面的一段话，当然没忘每写一字就用舌头舔一下笔尖："奉至慈普慈的真主之名并受其祝福。我们决心在回历1347年1月初吉祥的星期二，与外国人安托尼贝克阁下一起动身前往伊德福，去见阿里长老陪伴的外来人尼古拉工程师。然后从那里再乘骆驼去东部沙漠的德尔希布干活。"

字写得歪七斜八，行距时而上扬，时而下沉，无规无矩……他就以这最简单的形式、最蹩脚的书写，定下了命运，规划了终结。白哈·哈吉不曾知道，一种生活的命运已经和他亲笔写下的日期紧紧联系在一起了。

① 伊斯兰教称谓。亦译"哈只""哈志"，罕志"。阿拉伯语音译，意为"朝觐者"。专用以尊称前往伊斯兰教圣地麦加朝觐、并按教法规定履行了朝觐功课的男女穆斯林。凡到圣地麦加朝觐过的穆斯林，均受到人们的尊敬，故在其名前冠以"哈吉"的尊称。

白哈·哈吉原本也是个贝都因人，他的祖父是阿巴迪人，放弃了放牧，穿过沙漠来到尼罗河畔从事农耕、做小买卖。但是，当他想娶贝都因亲戚家的一个姑娘为妻时，却遭到了拒绝。阿巴迪人是不能让姑娘嫁给一个逃离沙漠去城市谋生的男人的！无奈，他的祖父只好娶了一个农村的姑娘，生了孩子，也有了孙子。尼罗河的馈赠使他的庄稼和生意兴隆发达。

白哈·哈吉继承了祖父一双漂亮的大眼睛，鼻子直削，鼻翼特殊，身材略显矮但又不失匀称。总之，这是一个体态健硕、联系广泛的男人。他不到四十，就已经修复了因其祖父离开沙漠去往城市而坍塌的桥梁，恢复了与族人和亲戚的联系。他从族人那里贩来羊只，再把油、面粉和糖卖给他们，用自己的钱财和经验使他们受益。也正是通过他们，他了解了沙漠里的大山和山里的矿井、矿工和工程师们所需的工具和给养。

一天，一个亲戚给白哈·哈吉看了一块在德尔希布山西侧拾到的石头。看了石头后，他立即去了德尔希布山西侧，仔细观察后，划出了一定的面积，然后去了矿产局。他拿到了挖掘的许可，注册了首先发现的专利。那块石头就放在允许挖掘的许可证旁边，在他的铺子里足有一年半，直至那个外国人安托尼贝克来到沙漠里到德尔希布找矿。到了那里，安托尼贝克才知道，白哈·哈吉已先于他进行了注册，便开始跟他联系，两人一通的讨价还价。

在吉祥的星期二那天，安托尼贝克从开罗来到库姆·安布后直接造访了白哈·哈吉那高耸在高地上的家。两人坐在屋后，俯瞰着山前的院子。白哈·哈吉的家人正在一石之遥的柴火上烤一只小羊羔，不停地转动，任那脂膏化成油滴落在火上，腾起一阵火焰，随之也飘来一阵带着诱人香气的轻烟，那美味也再次被转动起来……堆得像金字塔般的一盘米饭刚被摆放在安托尼贝克这个外国人面前，白哈·哈吉就把自己的手指插进盘中，把饭一分为二，再抓上特选的烤羊肉一起放在这外国人面前。安托尼贝克以一种不易被察觉到的困惑和犹豫看了看自己的一份，又环顾四周，看样子是在找刀叉。末了只得伸出他那纤细的手指，犹豫地从烤熟的肉上撕了一小条，放进已准备换装假牙的嘴里，慢条斯理地嚼了起来。两人开始边吃着饭边商议已经完成的和将开始的工作。

安东尼告诉他，已经把工具、帐篷和木料装上了福阿德的船。白哈·哈吉说船两天前就抵达伊德福了，货都卸完了。据他估计，阿里长老已按协定，将货装上驼背和工人一起去德尔希布了。最后，两人商定翌日清晨一起前往伊德福，了却彼此的心愿。

安东尼又问起水的问题。白哈·哈吉告诉他已经找到一口两年前被填的旧井，长老已派他的侄子伊萨带三个人去清理了。但愿能满足需要，无须再去遥远的沙滋利井取水了。

晚饭后，两人又坐了一个时辰。茶过三巡，互相签了几份文件。翌日清晨，白哈·哈吉叫醒了他的客人，从院子的一侧拿起一把银壶，往客人的手巾上倒了点凉水，让他擦脸。

随即是狼吞虎咽，一人吃了个鸡蛋。喝完茶，他们登上了开往伊德福的火车。日出前他们到了目的地，看见尼古拉正在安德里库的咖啡馆里用早餐。哈吉给两人做了介绍。

按协定，尼古拉将任新矿井的技术经理。

在那个看来是悲剧的黄昏，埃及人海利勒帕夏已经把问题进行了裁决。他把马里奥叫到一边，向他宣布，他已经把赛克利矿的经营权出售给了一家法国公司，这家公司同意用最先进的机器进行开发。在讨论利益划分时，出于对对方的信任，马里奥没有讨价还价，以极度的蔑视和嫌弃拿上了自己的份额……他已经决定去红海岸边，和那些探寻石油的人一起去发石油大财了。

尼古拉说他要和这些亲戚们一起留在南方的东部。马里奥向他告别时,笑着提醒他:他可有亲戚在意大利,应该去她那里。

尼古拉和妻子伊丽娅时有书信往来,妻子谈了很多关于他俩的女儿小伊丽娅的情况。她已经快十六岁了,好奇心在她的头脑里制造了好多问题，不断地问着有关她父亲的一切。妻子给他寄来了女儿在那间夜总会的人工栽种的树影背景下照的照片，还告诉他,他的岳父已经去世了。马里奥对他说，他要先去意大利，在春天时再返回西部沙漠。尼古拉托他给妻子捎了一封信，给女儿带了一些当地的小礼物。告别马里奥后，就和伊萨一起去了库姆安布，认识了白哈·哈吉。

白哈·哈吉欢迎尼古拉的到来，并把他介绍给了安托尼贝克，三人一起去了安德里库咖啡馆。尼古拉告诉白哈·哈吉，阿里长老已经让驼队带着工具奔德尔希布去了。在那条古道上，他们要经过哈利特山谷、哈舍布山谷，经过比尔沙兹利后才能到达德尔希布。听到这些,安托尼贝克告诉他们,为了这个项目,他已经买了一辆吉普车,专门配备了一名司机。合伙人白哈·哈吉对这个安排表示祝贺，但同时又提出自己的保留意见，认为山道崎岖，汽车行驶将会非常艰难。听到这里，安托尼贝克开始详细地介绍起吉普车的性能。由于吉普可行驶在崎岖的山路上并穿越林障，因此，人们在战争中已经使用了。他随后又说了一句至理名言，多年后仍然萦绕在尼古拉的耳际：人若想获取良多，必须多多地给予。从他的谈话里可以看出，他对德尔希布的工程寄予了极大的希望。一旦希望成真，天注定会让他在开罗的专营美容用品的小公司扩张发展，并再建一个甚至两个工厂，加工那些伟大的德尔希布山即将施予的矿石和原料。

一个城里的司机开着吉普车来了，以一副神气的容貌，趾高气扬地停在了安德里库咖啡馆前。这种闪耀的自负理所当然，因为这可是第一辆敢于在沙漠的沙石上驱动轮子、穿过蜿蜒的崎岖的石头路的汽车！

白哈·哈吉建议取道那条安全但较为遥远的路，先向西行，进舍鲁勒山，然后在穆德里克山路口向南，穿过白拉米叶谷进入哈法非特山、台米麦山。这样，如果一路不耽搁，完全可以在日落时分到达德尔希布山。

安托尼贝克同意，但补充了一点，要求路过艾布乌孙，了解一下那里寻找滑石的工程进度。他想和工程项目里的一个朋友见个面。

说罢，安托尼贝克和尼古拉坐上了吉普后座，白哈·哈吉则坐在副驾驶座上给司机指路。

日挂中天，在白哈·哈吉的小本子里记下的那个吉祥的日子里，吉普车在高地北缘艰难地行进。地势时而隆起，时而低陷；有时还伸进海里，有时又远离岸边。就这样，他们眼前忽而跳出一片茫茫海景，继而又悄然而逝。终于，远远的艾布乌孙的边际在望了。边境士兵抬起路障，和司机嘀嘀咕咕地说了一阵他们听不懂的话。司机指指白哈·哈吉，那军士便走了过来……

打过招呼后，军士沉稳平静地告诉了他一个消息：他要看的那些人都死在矿井里了！

“哪口井？”白哈·哈吉吃惊地问道。

“德尔希布西边的那口老井。”

伊萨挑了一个大叔、大叔的兄弟和他的儿子，在骆驼鞍上放上了水、干粮、挖掘工具、绳索和草袋。他们在晚间出发，向德尔希布山南缘的西部地区走去。黎明时分，到了井口，放下行囊，目测了一下周围的地势。伊萨先让他们用沿途捡拾的干枝搭起一个棚子，把水和干粮存放妥当，让骆驼跪倒休息。自己则去清理井口的乱石，并拴好了一条下井的绳子，又准备了另一条用来提取矿石的口袋,将一头先扔下了井。大家商定，两人先下井清除砾石；另外两人在井上接应，等袋子清空后再送回井里。

伊萨和那人的儿子在洞口盯着那位大叔先顺着绳索下到井里，然后，大叔的兄弟也随着下去了，其熟练程度似乎像已经练过几千次。当两人消失在二十米深的矿井里，经过足够将袋子装满的时间后，一根绳子抖动了。伊萨在那孩子的帮助下，合力把装满矿石的袋子拉到地面上，倒空后再送入井内，等待着再次返回……但是，这次的等待太过于长久了！

伊萨忍不住了，把脑袋探进井口里，但满眼漆黑。便开始呼叫，听到的只有阵阵回声。

他按照约定的方式抖动绳子，却收不到相似的回应。

他开始发慌了，决定下去看看究竟出了什么事，便吩咐那孩子留在井边等消息。

那孩子站在井口边，眼看着伊萨消失在中空的、纵向的黑暗之中，不曾听到证明井里有任何生命迹象的声响，唯有伊萨下井的绳索摩擦井沿的沙沙声，不久连这摩擦声也停止了，绳索静静地挂着。他明白人到达井底了……他等着，睁着一双小眼睛盯着井边上那条一动不动的绳索，期待着伊萨从井底发来的信号。久久不见动静后，他就自己过去抓着长绳左右摆动，再放回去等回音。可是，那根绳子始终纹丝不动。最后，他探进脑袋去喊父亲，仍然无人应答。

没有人回答。那中空的、纵向的黑暗空间不仅吞噬了他的呼叫，还给它配上了回荡、重复的曲调。他开始感到不安，内心的恐惧把他逼近疯狂的边缘，嘴里不断发出绝望的喊声，跌跌撞撞围着井栏不断疯跑，忽而跑远了，忽而冲了回来，趴在井口低头审视那活活吞噬了三个男人的黑暗。就在那黑暗的井口，他竭尽全力、扯直了喉咙呼叫，但依然无人应答。

他僵直木讷、呆呆地蹲坐着，注视着井口那根纹丝不动的绳子，一小时、两小时、三小时……突然，他感到黑暗正在大漠的沙粒和岩石上蠕动、扩展，便跳起身来。他这才恍然大悟：在大山荒凉、孤寂、空旷的这一面，只有他一个人了。

他奔跑着，在山洼、沟壑间飞奔，两只脚掌已经被划裂，但依然过岩越壁，围着德尔希布山奔跑。

他也知道阿里长老已经带着工具出发，正朝这山的东面走来，在矿井口处把一切准备就绪，以迎接即将到来的人们。夜里，他来到了长老和他随行人的帐篷。大家从他吁吁的喘息和苍白的面色上料到出事了。面对着给他送来的吃的和水，他也无动于衷。大家只得围坐在他周围，猜测着出了什么事。

一个人分析："可能井里淤泥很深，他们陷进去了。"

可他说："不！第一次弄上来的草袋子里装满了干石块和废弃物。"

又一个插话："会不会里面有毒气，闷死了他们？"

"不可能。"

"会不会有毒蛇。"

"可能吧。"

阿里长老沮丧地蜷缩着身子，这个消息着实让他震颤了一阵。他随即控制住自己，下令大家立刻赶到那里，实地看看究竟发生了什么事。

大伙踏上了德尔希布山东边那条蜿蜒曲折的山路，在深夜浓重的黑暗中贴着山壁西行，于黎明前不久到了矿井。

他们看到骆驼还在按伊萨命令搭建的棚子下，喝的水和食物还原样包着，伊萨的刀和盔甲也原样放在井栏边。在沙漠中升起的黎明里，唯独那口井张着嘴。沙漠里群山寂寂，找不到一丝发生过悲剧的迹象。阿里长老的心像被针扎了一样抽搐了一下，仿佛他第一眼就意识到正是这可诅咒的井口永远地吞噬了他的侄子伊萨，而留下的只是伊萨用以武装自己、在危险时自我保护的残存的铁器。

阿里弯着腰，步履踉跄地远离众人独自走着，掩饰那双眼中情不自禁地迸涌而出的泪水……过了一会儿，他强打起精神，用嘶哑的声音命令大家拉上亡者的骆驼往哈马特走去。当时，这可能是他们唯一能做的事。

哈马特位于白拉尼斯和艾布乌孙之间，那里的山势渐缓，形成了延伸至红海岸边的坡地，而这片山坡上又分布了不少丘陵和峡谷。

在这面山坡上，他们看到一座小木屋、一个水桶和一名年轻的军人。这就是有序、安全和法律存在的全部显示。

坡地上有座用旧木头和铁皮搭起的小棚子，它简陋到了极点，可却是沙漠骄阳下不可多得的恩施。棚子下的那一丝丝凉意是多么的实用，是多么的了不起和奢侈啊！山上下来的人汇聚在那里，聊着各种消息，交换信件，盼着驼队的到来，和长老们见面。事无巨细，都在那里讨论解决。

阿里长老和他的人马也来到了这个棚子，看到里面已经挤满了阿巴比代人。他们都是消失在那口井里的人的亲属，噩耗已经在沙漠里传开了。

人们都在说："长老，你看怎么办吧！"

仍然深陷在悲痛之中的阿里说："必须向基绥尔发个消息，让他们派个人来，弄清原因。"

阿拉曼港口的边境卫队有部手动的无线电台，可以和岸边离沙漠最近的城镇基绥尔联系。那里驻扎着海岸卫队、警察和检察官，那里有法律。

长老掏出一张纸，简单地写了所发生的事故，要求检察官来调查。写完折好交给了一个十二三岁的孩子。孩子装了满满一皮囊的水，用帕子裹了一些吃的，撩起长袍系在腰间，再把水和食物挂在肩上；顺手抓过一截枯树枝，将顶端劈开，夹上信，高举过头，俨然是一面旗子。

阿里长老发话道："千万别耽搁，大家都坐在这里等着。"

孩子忽高忽低，直线般地向前奔去，直至消失在人们的视线里。

孩子消失后，有人抬头望望太阳，目测它在天空中的位置，说道：“夜里他就能到阿拉曼港了。”

另一个说：“弄无线电的都睡觉了吧。”

“检察官怕也休息了。”

听了这番话，长老说：“要是星期二一早信就能到，那么检察官就能在那天中午或夜间来到这里。”

人群里发出一片责难声：“夜里才到！”

长老说：“咱们就坐在这里等吧！孩子，弄点茶来！”

人们走进了棚子下面的阴影里，准备漫长的等待。

白哈·哈吉正伸着胳膊指路，在他的指引下，吉普车从高原的石子路上开了下来，停在哈马特的那个棚子旁边。

车轮边烧茶的火光，使尼古拉看到一个肤色黝黑的少年正在清洗带有珐琅釉耳的铝杯。

当时，所有坐在棚子里的人都把脸埋在膝间，一见有人前来便纷纷站了起来，给阿里长老让出一条路去迎接来客。

阿里长老拘谨地站在那里，打量着这位沙漠新客——外国人安托尼贝克，但痛苦并未阻止他向客人表示应有的热情和欢迎……白哈·哈吉问出了什么事，阿里长老只回答了一句：“一切都由真主所定。”

他颤抖着重复这句话，力图控制住激动的心情，然后走到一旁用欢迎的礼仪掩饰心中的悲痛。这时，另一个人自告奋勇上前，详细地向来者叙述发生的事情。

皮肤黝黑的孩子走向尼古拉，送上一杯茶。这一瞬间，尼古拉突然在孩子脸上看到了伊萨的面孔，正像伊萨俯身向着他。

他惊呆了，一把抓住孩子的双肩，死死地盯着他，一边又不住地摇晃着头，想让眼睛再看清楚些……是的，孩子的肩上依然是伊萨的面孔。

一旁的阿里长老说："这是伊萨的长子艾布舍尔。"

尼古拉并未在孩子的脸上看到清晰的悲痛，而且周围死者亲属们的脸上也不见明显的痛苦表情。那些平直刚毅的脸盘僵滞坚硬，双目之下是一道想象中的、突显着善良和淳朴的凹陷的线条。这是那种与生就有的骁勇、不畏灾难的人们的淳朴。白日里，他们以艰难为食；夜间入睡时，其所有的感官都是警觉的眼睛。

当时，他们所有人的眼睛周围都是蒙着的，那是那些生活在被骄阳炙烤的辽阔而空荡的地方的人们的习惯。他们把眼睛周围蒙上，使目光更为深邃，变得更加尖锐，保护瞳孔不受阳光的伤害，同时也能遮掩位于被蒙着的眼睛下方的这条想象的直线后面的巨大的悲痛。

这些全部是男人，他们把"男人"这个词所表达的全部含义都隐藏了起来。

伊萨的儿子艾布舍尔也是一个男人了。

这里所有人的悲伤都是淡淡的，因为在沙漠里，死亡已经成为一种习惯。

尼古拉说，我要把艾布舍尔带上，和我们在一起。

他是无法独自一人面对这种悲痛之情的。

吉普车又一次跑了起来。白哈·哈吉和安托尼贝克坐在里边，尼古拉则让艾布舍尔坐在自己旁边。阿里长老和其他人站起来挥手送别，目视着汽车消失在高地的下方。车里，尼古拉仍然蜷缩在这大沙漠让他面对的悲痛的事件里。就在这大沙漠即将接受他成为这里的永久公民时，却吞噬了他的朋友和另外两个男人。

当他的双臂慈爱地搂抱起尚为少年的艾布舍尔时，他已经断定，当他还在安德里库的咖啡馆里呷着红酒，吃着玉米饼和烤乳鸽时，这个大沙漠忙于安排的事件必将为他的居留投下抑郁的阴影。

这件事将对自己的心产生神秘的影响，一种心理正在他的心中形成，那是他将要以之对待沙漠的心理。

尽管如此，他仍然断定，他已无法后退了。

那天，他原本高高兴兴地如同去游玩一样跟一群男人从伊德福出发；但是哈马塔的沙漠为他展示了它丑陋的脸庞，他的欢快消失了。

他从吉普车里望着沙漠里的群山，以一种恐惧和尊崇看着这些不容他藐视的群山。

第六章

经过了连自己都无法估算的时间后，尼古拉已达到了接近不存在的状况……那副赤裸着的老人的身躯，前不久还跃动着生命的体征，而今却已经孤零零独自一人站在德尔希布山巅静静的废弃矿井旁，他是以何为食物延续着生命呢？

何等的执着使他能在这些奇形怪状的尖利的岩石中存活下来，充满他身躯的只是一种稀有的感觉，启示着他，说服着他。他的身体是人类的躯体，包含着他那无限的灵魂的有限之地，已经作为一个机体熔化、扩散并融合在那原始的、广阔的根源之地。他爬行，不管吃喝，也不去下棋……对在伟大的德尔希布山里漫步行走也冷漠淡然。山岩像一把把伸出的刀剑围绕在他的四周。那些蜡状结构的矿石像无数尖牙利齿，他行走在它们中间，寻找他至亲的女友伊丽娅；寻找他的女儿，那个被背信弃义的崩塌的岩石掩埋在洞里的女儿。

他变得冷漠，对这一切都十分冷漠。沙漠里太阳的炙烤已使他那赤裸的欧洲人的身体变成了炒熟的咖啡色。在那残存的红色的酒精瓶子的陪伴下，他爬行，爬上了山岩，围绕着它转了一会，把东方抛在身后，再开始向西。骄阳中天时，他到达了那口旧井，那口废弃的井。他停了下来，气喘吁吁，赤裸的身上流淌的汗水跟泥土掺和在一起形成了根根泥条。他注视着这块安静的地方，它俨然是一座古坟。接着，将那在白色眼睑下开裂的双目投向安静的井口……但它的安静又在把它自己否定。

此时此刻，谁相信，伊萨已经自觉自愿地下到井里，去为他们取水了。但是，他再也没有出来，没有带着水出来！

谁能够向他否认，伊萨不在这里。

告诉他，伊萨是以何种形式在这里存活着。

尼古拉在井口趴了一会儿，灰心丧气，一仰头嘬了一口火焰般的红色酒精，然后在废弃的井口，以他喉咙所具有最大的音量，使出周身的力气，放声大喊：伊萨！伊萨！可是伊萨不回答……尼古拉退了回来，把身体蜷缩了起来……

多希望你还在与你的伙伴安托尼贝克一起留在艾布乌孙钓龙虾消遣！

但愿那个少年艾布舍尔用他那男子汉般的目光注视着你时，你没有决定在最后的告别时刻和他们一起到这矿井来。

骄阳已经把吉普车的铁皮烧得滚烫，并开始融化它们，让它们变成没有任何思维的油滴。突然，司机打着方向盘右拐，紧接着又左拐，与地面摩擦的车轮发出一声压抑的声响，仿佛有什么东西给压碎了……司机自豪地宣布他轧死了一条蛇，然后停下车去检查车轮，但没发现什么问题。白哈·哈吉乘机下车活动了一下身子，尼古拉跟着。阿里长老、死者的男亲属和其他男人都挤在车厢的尾部。

阿里长老弯下腰去，仔细察看那个车轮，然后宣布轧死的不是一条普通的蛇，而是一种叫“塔利舍”的剧毒蛇。这片沙漠的深处和山岩间藏着几千条蛇，形形色色，有的毒性很强，有的长着牙齿咬人，“塔利舍”则是其中的一种。于是，人们开始相互讲述被“塔利舍”咬了的人的故事。这种蛇毒无药可解，因此，一旦被咬，伤者就用刀剑将被咬的部位砍掉，这是唯一的救命的办法。要么舍弃被咬的肢体,要么舍弃整个生命。

司机确定车轮安全无恙后回到了车上,大家也随之上了车。

尼古拉无法弄清他们已经走了多长时间，还要走多少时间才能到达目的地。他用愁苦的目光盯着司机，这个司机的专注使他几乎变成了这辆车上的一块铁，他非常了解轮子底下的路面，要走得好，只有顺从与投降……只能按照以往走过这条路的千百双脚和骆驼踏出的标记行车。尼古拉觉得,在司机眼里，这条路是坡的，他正在上面滑行，这给他带来了快感，他仿佛睡着了，做着梦……没过多久，他的脸色变了，焦急地瞪大双眼不断往前看。因为他看不到标志了，或某个地方的标志变得模糊不清、无法分辨……再看前面，已是平坦宽广的好地方、全新的去处，没有人踏过的土地安安静静，但是内中却包藏着凶险……这里最常见的风险就是车开进松软的地里，陷在沙子里……尼古拉听见阿里长老在一个岔路口提醒司机，让他按着其中的一个标志走；他也听到司机正向艾布舍尔许诺，说如果他能留在沙漠里，一定教他开车；他还听到白哈·哈吉在谈他和安托尼贝克在艾布乌孙钓到的龙虾。

但是，他的思想并没有在那里，灵魂仿佛分成了两半……伊萨的形象遮盖了一切。

汽车把他们带进了一条洪水冲刷出来的谷地。就在不远处，德尔希布山出现在他们的对面，俨然伸展着一对新月形羽翼的巨大阴影，被他们正要前往的巨大山谷拥入怀中……虽然太阳在已经变成白色的天空中送出了刺眼的光芒，但山的面貌尚未展现在他们面前。

在山岩上，尼古拉望见了坐在车厢里的人把头探到车外，听到了嘈杂声。阿里长老问出了什么事，身后的一个人说，那些人是奉命在矿井旁等着换班的。阿里长老感到奇怪，放眼凝视，终于看到了两个影子——两个与山岩无法区别的影子。

仿佛被鬼魂追逐，那两个人喘着粗气，吉普车刚一停下，其中一个人便说：

“蛇，阿里长老……许多蛇，塔利舍毒蛇从井里爬出来，简直像世界末日。没有一处没有蛇，井周围也都爬满了。”

一股腐臭气扑向车里人的鼻孔，阿里长老唠唠叨叨，在祈求真主的保护，然后命令司机继续朝矿井开去。

映入他们眼帘的是，整条路面铺满了长短各异的、粗粗的绳子。绳索互相缠绕、旋转、蠕动、前行，数十米黑色、黄色、带花绫的绳子被从井里飘腾出的腐臭气味刺激并躁动着。于是，它们从位于岩石之中的家园向井口爬来。到了井口，他们看不见井口，只见那些蛇犹如蚂蚁部落，进进出出，上上下下，遮盖了井口的边缘。

尼古拉觉得那块平地很像一片怪异神秘的大海，而蛇就是片片海浪，眼前顿时一阵眩晕。

那种缠绕着的令人不理解的运动令他目瞪口呆。他意识到了，面对沙漠，他是何等的孱弱，是这沙漠的法律和习俗使这片沙漠荒凉野蛮。那里，死亡是一件轻而易举的事。治疗疾病要靠地上长出的植物，羞耻消逝了，直截了当是行事的正确方法。

汽车的发动机声骚扰了蛇，它们把头高高扬起，谛听着，爬动静止了一刻。司机迅速把车向坡地开去，左一下右一下地转动着方向盘,仿佛准备让车轮赶跑遍地的蛇……蛇开始蜷缩，然后急急地离开了这个地方。平地上终于不见了蛇的踪迹，仿佛大山将它们吞噬了，只剩下一些受伤的拖着碾伤的尾巴，在岩石后面嘶嘶地叫着撤退。车停了下来，车上的人准备下车，阿里长老急忙警告他们说：受伤的蛇危险性更大。

众人一致同意:将水盛在洋铁罐里灌入井内，以清洁死者，给他们做祷告之后再回去……人们带着水罐来到井边,伸着头，小心翼翼地左顾右盼。在井口，念了清真言后，把水洒进井里，随即用一块大铁皮把井口盖上，铁皮上又压上了一块大石头。阿里长老以教长身份站在主位，大伙排在他的身后，一边念着《古兰经》首章；一边小心翼翼地察看着周围，生怕有蛇爬到他们脚下。

这些死者在他们最后的住所，在这矿井里享受的是何等的静谧和安稳啊，但把惶恐和惧怕留给了这些活人——这些了解他们恐怖的结局并为他们的灵魂祈祷的活人。

太阳已西斜到德尔希布山的西坡上，红通通的余晖落在蓝色的岩石上，发出了所有的幻化之色。

在这神话般的气氛中……在那孤独的狭小的立足之地上，

尼古拉想起了伊萨的一句话：矿井吞噬了男人们的鲜血，已将血的颜色洒在沙漠上，浸染着一切。

尽管如此，仿佛大自然也为这些死者悲伤。

比起那从地面、天空和山峦中散溢着其气味的悲伤，大自然的悲伤又是多么令人惊叹啊！

当汽车上行向东，离开德尔希布山西侧赐予他们的小小的阴影时，悲伤已将大家的活力消耗殆尽，每个人都进入了自己的矿井，深入到自己的内心；每个人的安静都与大山和天空的宁静紧紧地联系在一起。万籁俱寂之中，这辆铁制的车是唯一的、能动的活物。

尼古拉看到了万物之间存在着一种隐蔽的亲缘……太阳照着山的东边，在阳光的笼罩下，大山正把自己古老的岩石的根向山谷的边缘伸展——几个小时前他们还在那里……环绕着那个静静的井口的狭小的砂石地……啊！就是那个井口……一番别样的景色，尖利的岩石披满秋季植物的色彩，连那些秋季植物也变得像岩石的碎块一样。

地上的一切在伸展着……从地而出，又必将返回地下。

地上的一切永远在更迭、替代和变化。

那么，尼古拉，你以前是谁呢！

在阿勒白的山脚下，你和伊萨虔诚地站在他神圣的先祖——那块石头面前，他把你作为朋友介绍给了他的先祖。那时，太阳在你俩的脊背上燃烧。在库卡·卢旺卡那个高高的岩洞的边缘上，那背信弃义的亮光使你眯起了双眼，你当时的心里充满了恐惧。但是，每当伊萨向你送出他那纯净的贝都因的微笑时，你的恐惧就一点点地消失了。当白色的羊群移向阿勒白山巅茂密的林木中时，太阳的眩目之光开始懈怠地跌落在遥远天际的后方。那时，伊萨把他的干粮给了你一些，拉着你的手向一块靠近天空的岩石走去。那岩石已经开始染上灰色、银色，快要碰到星星了……不仅如此，他还把智慧也给予了你，告诉你说，他们把夏季称作“基兹”（酷热），把秋天叫作“塞吉只”（掺水的奶），冬天则叫作“海麦”……人们只是闲坐着，不工作，因为洪水把路标都冲垮了，谷地变了样；岩石也移动了位置，滚落了。

他又举目向天，向你讲述那些星辰的奥秘……这些奥秘是他和他的祖辈们凝视几千年后才被发现的……他那低沉轻微的声音告诉你，夏初之时，黎明之前，昴星才会出现；十四个夜晚之后，我们把它叫作“拜耳巴尔”的星星就会出现；二十五个夜晚后，就能看到双鱼宫……这些星星都排成一排，一个挨在另一个的后面，出现在东方。也是在“拜耳巴尔”出现后的第十四个夜晚，老人星便会出现在南边，宣告秋季的来临。这些星宿在天体里展露了十个阴历月又二十天，直到春季结束才一个又一个地消失。再过四十天，它们又开始重新登场，昴星首先出现。这样，你就可以知晓四季之时，预测天气情况，计算年月时间。

他把日月星辰升起和陨落的详细规律统统告诉了你，唯独没有跟你透露有关人类出现和消失的一点消息。

在他那热情广阔的天地里，你的内心始终享受着温柔的安全，俨然是个孩童，饱酝着情感。你作为一个在无尽的旅途上度过了自己孩提时代的迁移者，不断的往来并未将你磨砺成熟。你依然对一切新鲜事感到好奇和吃惊，但这种能力突然从你体内消失了，不再回来……如果你沉默，没什么可奇怪的，仿佛你体内有什么东西已经破碎，那有什么关系呢！

那天，他们毫无喜悦地到达矿井，尼古拉开始俯视着那里的天井。他本该因为已到达的这块新地方而欢欣愉快，但他那时是一心准备在伊萨的陪伴下去看看这块新地方的……是的，伊萨替代了马里奥就像马里奥替代了他的两个女友。有意思的是，这两个女人的名字都叫伊丽娅。

现在，他失去了所有的这些人，孑然一身。

和阿里长老一起来的人已经在天井里支起了帐篷。这第一顶帐篷是工人们住的，后面挨着的几顶分别作为厕所、仓库和厨房。此外，前面还立了三顶小的，是为经理尼古拉、安托尼贝克和白哈·哈吉，以及不会久留的阿里长老预备的。来的路上，白哈·哈吉从一个过路的牧民那里买了三只小羊，牧民还送了他一个羊皮水袋。这时，白哈·哈吉让人把羊赶到井口宰杀，以求吉祥。于是，大家站在洞口，念了清真言和《古兰经》首章，为他们自己祈求真主，保佑一切平安；又为安托尼贝克和白哈·哈吉祈祷永远的尊贵……但没为尼古拉祈求什么。

当驯顺的羊羔的深红色的血汩汩流淌在通往大山口的岩石上时，工作的魔鬼突然附上了尼古拉的身体，他叫了三个人，命令他们把天井打扫干净。三人弯腰清除了旧日的垃圾，弄走碎石块，再把大石头堆放在一块近乎圆形的地方的边缘上。尼古拉站在他们低垂的头部的上方，颐指气使地命令着。当他把圆形的天井清理完，弄好了通向山洞口的路时，满腔的羊羔血已经被洒在岩石上以祈求救赎和吉祥。之后，宰杀的羊将被拿到帐篷后面认真切割，用少量水进行清洗后送去烧烤了。那个外国人安托尼贝克和白哈·哈吉在休息，等待着饭食弄熟。尼古拉点起两盏碳灯，让阿里长老陪同他下到井洞里。

洞口有点长，两人仿佛钻进了一个大的空洞里，左一转右一弯。尼古拉命令阿里长老的人先把地略微弄平，两人则继续往深处走。手里的灯把他们各自的影子映在洞壁上，像一些长着刘海的修长的鬼影，随着拱起的岩壁上的光线曲折拐弯，驼起了背……两人走到了一个深不见底的裂隙边，阿里长老歪下身子摸索着它的边缘，说了一句：那部铁梯子还在！

这是一口从未开发过的新矿。尼古拉试了试他那些采矿的前辈们留下的旧巷道，然后伸出了自己的脚。他不能让长老先往下走。

在一个类似矿井的地方下行了一百米或一百五十米，两人来到了一处极像庭院的小平地上，两边尽是旧巷道和通廊。尼古拉把灯靠到巷道的墙上，边走边将一侧的洞壁照亮，寻找着矿脉。阿里长老在另一边跟着他，只看到一些矿石的痕迹和先辈们留下的粪便。就这样，两人走完了第一层，一无所获。这时，看到了第二个深深的洞，同样有一架铁梯，便继续下到三百米深的地方。下的过程中，阿里长老从头到尾一直不停地数铁梯的级数。就这样，两人来到了第二层巷道，各自拿着灯在洞壁一侧找矿。

尼古拉忘却了自身，忘却了陪伴着他的阿里长老，把帐篷后面的外国人安托尼贝克、白哈·哈吉和那火烤的羊羔的气味都抛在脑后了。当他以那种用自己的手指抚摩他妻子和女儿伊丽娅红润的双颊时都未产生过的迷恋去触摸那石壁时，他全部的感官和知觉都沉浸在这新发现的世界里——在这将是他的世界里！

妻子伊丽娅说他就是个自私的野蛮人，不喜欢孩子；可他却不以为然，认为他对孩子的喜爱绝非她可企及的。

他的妻子说，你这个人心肠硬、感情麻木，可能根本就不懂得给人爱。但是，她忘了，他可是在他出其不意时被她弄到手的。她把自己的肉体、梦想和希冀都给了他，当然，同时也给了他一个妻子和一个女儿，唯一没有给的是选择的机会。不过那时的他，也只求有一份能赖以生存的工作。

尼古拉，你没有爱上过伊丽娅吗？当你穿越这一望无际的沙漠并同时发现它时，你没有爱过她吗？

现在，伊萨成了马里奥的替代，马里奥则是你那两个女人的替代……难道你这压抑着的悲伤是针对所有人的吗？

现在是否正在证实你付出爱和被爱的能力？

大自然已背信弃义地把伊萨从你手里夺走……

它露出了自己丑陋的嘴脸；你则变成了孤家寡人，变得要求自己要像那孤独一样强大。

在这里，你也背负着责任。

那些没有尽头的坑道像血管一样在大山的心脏里伸展着，你要领导现在正在山上、蹲在那烤羊周围的人们，教给他们如何像大自然母亲那样，将这些巷道里的善与恶移走，把恶弃之于地，把善抓在手中……尼古拉，横亘在你们和善之间的是艰难和危险。你的先辈只把崩塌后产生的砾石和灰土，以及早应该更新的木桩留在了这些巷道里；现在，你必须调整好心情，跨过这一切并深入其后，找到真正的矿藏来开采。

他用自己的手指迷恋地抚摩着洞穴里的岩石，那种迷恋在抚摸伊丽娅的双颊时都不曾产生过……阿里长老将他手中颤动的灯光投在他那修长弯曲的身体上，使其在隧道圆形的边缘上投下了一个个长长的、弯拱的影子。

老人用他那消瘦的青筋毕露的手拍拍他的肩膀，建议就此暂停，去吃饭。他们已经来到第二层的尽头，依然一无所获。于是,两人登上铁梯向上爬。因为尼古拉认为应该开辟第三层，再往下深挖一百米或两百米，那里还会有滑石矿，只不过地势是向另一边延伸的。阿里长老说，老一辈在无力到达那个深度时就停了。尼古拉执拗地表示，他们必须到达前人从未到过的地方，这是进步的规律……此时，帐篷前、天井外的空地上已经铺好了一块圆桌布，人们围坐在那里，等尼古拉和长老回来。

尼古拉跳出洞口、挤进人群，紧蹙的眉头让他没能送出一丝笑容。在之后漫长的年月里，覆盖着他一脸尊容的始终是郁闷和忧愁。

尼古拉看见安托尼贝克盘腿端坐在一块铺在地上的兽皮上，旁边是白哈·哈吉，努力在这些即将和他一起工作的人们面前表现得优雅、随和……尼古拉，你在奢望与那位埃及帕夏海利勒有着或多或少的不同吗？你还在怀疑，他咀嚼完他那在白色的高高的山丘之上的发烧的梦想后，正在享受地舔着嘴唇吗？骆驼把那些梦想从洞口驮向海边，然后船只再将它从海里送往他在开罗的一个小工厂……工厂会变大、发达……随之，那个外国人安托尼贝克也将膨胀。

还有那位阿巴迪部落的白哈·哈吉，不也揣着攫取的野心吗？梦想着在他的祖父抛离的亲戚中间，实现精神的膨胀！因为他的爷爷离开沙漠去了城市，失去了贝都因人的尊重，也失去了对根的归属，难道他的孙子不想以一个征服者的身份重返他自己的部落吗?

那么，这些人中间，谁将会留在这里?

安托尼贝克要到开罗去，他曾答应尼古拉，将来第一批矿石运抵那著名的首都时，一定邀请他去。

白哈·哈吉将要离开,去伊德福和库姆安布做生意、种庄稼。

阿里长老将继续在沙漠的大山之间辗转迁徙。

你将一个人留下来，与这些肩负着从山洞里开采矿石重任的工人们留在这里。

就是这些人,当时已故的伊萨已经看到了他们那深红的血,在日落时分洒在坡地上,将山野尽染成赤色。

第七章

每当有人蹲着身子，露出屁股，弯腰扭动，把废物从身体里往外排泄时，阿里长老便会用他了不起的智慧叮嘱说："喂！那老弟，小心点儿！先把地弄平，挖个洞，瞄准了再拉，千万小心！"

这个瘦削的老人是沙漠里一棵干枯却依然高耸的大树，知道该如何把玩笑与认真掺和在一起，清楚又迅速地在众多纷杂的道路中开辟出自己的路。

以你的基督起誓，尼古拉！这个阿里长老，他拿一只眼睛就能够揭示你用双眼都无法看全的万千世界的事物和纷繁复杂的关系。他从一个跟牧民一起在那些大山的阴影下、随着帆布帐篷旁的小羊羔爬来爬去的孩童到成长成一个小伙子，随着往来的骆驼到卡尔迪凡市场做生意，仍然冷静沉着。难道他的悲伤不应胜过你的痛苦吗？伊萨是他侄子，他兄弟的儿子，而孤儿艾布舍尔正是他的孙子。

这位老人，以其缜密的思考、丰富的经验、锐利的思维，成为城市和沙漠之间的桥梁。

他难道还不能算最年长的、最有经验的一名向导吗？他从帆布帐篷走向沙漠之门，又去沙漠的边缘迎接来自欧洲的冒险家和那些有钱的埃及阔佬们，带着他们穿越这些大山，让他们把手指一次又一次地放到了大山里的矿藏上；而他，则闭上了他的那一只眼，不去看那些外国人眼中贪婪的战栗。

他那样做是过分天真，还是比所有的人更具智慧？

这位老人深知，自古以来，这些大山就是这个样子，他的亲属们也始终是这个模样，宝藏不会在他们手上出现，必须有手持护符的人来到这里，解开密码，打碎封印，杀死野兽，为大家开启宝藏之门……那该是多么的美好啊！他将享有最佳份额，余者均分。

这些外国人有知识、有经验，他们所具有的权势可以让他们颐指气使。当他们把手指向城市时，便会有船只和卡车把沙漠里从来没人见过的和接触过的东西运来——工具、机器、喝的、吃的、穿的……大批大批地运到沙漠，再接连不断地流进他们居住的大山，流向贝都因人居住的边缘地带。于是，这些贝都因人都向他这位老者学习，或者通过他了解那些东西。当然，做了所有这些之后，他应得的份额并没有增加。

白沙利叶人拒绝这些外来人，他们像鸵鸟把头钻进沙堆里一样拒绝。每每看见一个生人，便把头一扭，发誓不看。弄到最后，外来人不得不从南部的农村里调来工人。

伊萨那时也义愤填膺，在第一眼看到这些外来人时，他那颗刚愎不羁的心就产生了天生的反抗。这不能不说是他犯下的第二个大错。由于贝都因人的反抗和对工程的厌恶，外来人纷纷离开了大山。山河如故，贝都因人还得一如既往地生活个几百年。那从骆驼谷到卡尔迪凡市场的来来往往，绝不会教给他们任何值得记忆的东西。

就这样，阿里长老决定要在德尔希布山的岩石间种上一棵进步的树苗。他设法在乃里莱、法瓦黑尔和哈马塔的矿井里撒下种子，在每个矿井里的外来人中间安排一个白沙利叶人或阿巴迪人，时而用计，时而又承诺或威胁，让他们摆脱固有习俗的束缚。他甚至把他们关进铁皮帐篷——就是那顶令伊萨彻夜无眠、照亮了他眼界的帐篷，让他们在那里学到了冶炼之术的帐篷。

不学习这些本领，这些大山将毫无价值！

就是这位睿智的长者，种下了在第一批矿井里生长的绿色植物，让它长大成苗，再转种到德尔希布山，长成大树。

难道这位长者在梦想着，随着时间的推移，通过他在矿井里的外国人中间播撒的种子，一点一滴地获得那些外国人的知识吗？

透过自己的忧伤，尼古拉注视着那顶离他帐篷不远的工人们宿营的帐篷……那里有七个人，那是些与海利勒帕夏从赛克利农村找来的工人完全不一样的人。他们经常围绕着赛克利山做短途的旅行。他们个个高鼻梁，衣衫褴褛，体形瘦削；但趾高气扬，散发出因与大自然融合而产生的极度富足感……他们极像一群未被使用过的古老的机器，生涩而无知；但一种仙人的尊大在他们身上显现……阿里长老那时正坐在他们的帐篷里，边吃饭边向他们发出命令、送出叮嘱。那个上了点年纪的奥西克大叔，将在通往天井那条路的下方的入口处用铁皮搭一个棚子，当个看守并巡逻。还有阿布杜拉白·凯尔亚布，他将负责装运。他还有另一项重要的工作，就是为矿上供应鱼，规定每周三次。在大家入睡后，他应当带上短矛和渔网，骑着骆驼从矿上出发，走上一两个小时后到达著名的白纳斯湾。黎明前不久，放下行囊，准备好短矛，光着双脚走进海里，等待被黑暗引到浅滩争食小鱼的大鱼。

尼古拉，这就是阿卜杜拉白·凯尔亚布——一个古老的凯尔亚布部落的后裔，怀揣着那悲剧的种子，继承着古代法老人用铁棒和短矛捕鱼的传统。法老人生活在濒临大海的沙漠地带，以捕鱼为生……捕到鱼后，把鱼腹剖开，在沙漠的太阳和空气中风干，再把风干的鱼拿到大山间的棚子里换回大麦，就连他们的骆驼也被日月锻炼得以风干的小鱼为食了。

尼古拉，这就是阿卜杜拉白·凯尔亚布——他似乎满腔热情地从这所有的人中专门挑选了你，也把他的情感和悲剧展示给了你……那天，他难道没有向你许诺，要给你带来一大堆龙虾！这种龙虾是你在沙漠里多次听到却从未品尝过的！

剩下的还有五个人，他们将和你一起在井下工作，他们是阿里长老交给你的。你要把他们培养成才，当这些外来人拿着他们的所得离开这里时，确保他们已经成为这些大山和宝藏的合法继承者。

尼古拉，这个老人的忍耐力吸引了你，还有他的信念，时光是赞同他的做法的！

可能就是你站在摆着烤羊羔的餐桌旁的那一刻决定了要帮助他，外国人安托尼贝克只是个匆匆的过客，他只属于他那位于城市里的小工厂和他自己的财产，只和它们有联系；白哈·哈吉对自己在伊德福和库姆安布的财富的忠诚绝不比安托尼贝克少……而你，则属于没有什么可归属之类的人。

始终这样平平常常、貌不惊人的站着，绝不会对你有什么好处。要像阿里长老那样把自己调整好、站好，把地面弄平，然后挖坑，瞄准了再拉尿，调整好！

就让山上的这个洞成为你瞄准的目标吧！

你就站在这些合法的继承者的旁边吧……这就是你应遵守的纪律。

让你以梦为开始吧！……人类历史上一切伟大的事业都是以梦开始的。

让你的梦和蕴藏在你心中的巨大的能量同处在一个水平上；让你的梦和蕴藏在这山的深处、在这些贝都因人的臂膀上和心中的巨大的能量同处在一个水平上！在所有的人离去后，这些阿里长老的人也是你的人！

你将成为乐队指挥，指挥他们在这岩石之间，在这大山里演奏！

在你们面前的是你们演唱的歌曲，它的回声将在这些未被开发的荒野里回荡，使它变成一个在最现代的机械的作用下跃动着活力和生命的城市。

那是一个城市的欢歌。

尼古拉，你是多么值得拥有这个梦啊！这些肤色黝黑的人们是多么值得拥有这个梦啊！

就这样，尼古拉看到，他们对在岩石中的挖掘的满足，使他们囿于一个极小的范围，这个范围绝不会比乃赫莱、法瓦黑尔、乃克拉特和其他的沙漠矿井所允许的范围大。

尼古拉说，前人已经下到约三百米的深处，他们肯定是经历了多年才做到的，他们已经从这些洞穴和巷道里拿走了这些岩石所赠予他们的所有的宝藏。

在第二层的尽头，尼古拉看到了那高高的白色的矿脉正从大山中心的一个隧道里探出了头……以前的那些人肯定止步于此，犹豫不决地不知是否该继续前进。因为继续则意味着要在更深的第三层里开采，这样就需要有一个通风的深井，即挖一个纵向的洞从第三层的深处一直通向山顶外的天空，为巷道输送新鲜空气，而以前开通的小洞已无法满足第三层面的工人呼吸的需要了。

尼古拉说，如果我们想认真干活，就必须使用爆破技术，用炸药……让我们找一个有经验的人来训练工人如何在岩石上打眼，再放进炸药，这需要一个专门干爆破的。这样做要花好多钱。是的，确实如此；但会给我们节省很多时间……我们如果想战胜这座大山，想留在这里，那就让我们以全部的勇气和力量来对付它。

散落的矿石够这七个工人收上两个月的，而要收干净所有巷道里的石头，至少再需要两个月。做完这些，我们就可以转身对付那些藏在岩石深处，以其慷慨的、丰富的矿石向我们俯视的白色的矿脉了。它们在真正的大山的中心……在那里，我们可以像以前在这里的人们那样离开；或者，在那漫长的岁月里，在这大山的深处，挥动着我们的钻头和锤子，直至死去。

那时，白哈·哈吉倾向于冒险；安托尼贝克左思右想，反复掂量；只有尼古拉热情高涨，一定要来个爆破。他拿来一些纸，画出山洞里的各条通道，告诉安托尼贝克：他们所需的矿石就在那些隧道里，他们需要迅速采取措施凿透那些岩石，开通新的巷道。他又给他计算了所需的火药、药捻和培训的所需费用。当他看到安托尼贝克还在犹豫不决时，就要求对方和他一起下到山洞里，亲眼看看那些从最后一个隧道的墙上往下伸延的矿苗。安托尼贝克看完，真有点像被说服了……那时，十分清楚的是，除了让自己那瘦削优雅的躯体置于那些岩石中外，他准备做一切了。

安托尼贝克兜里揣着一张扩大工程所需的清单去了开罗。这都是些以前从未预料到的机械、工具等。他将在开罗采购完后运回大山。白哈·哈吉也带着矿上每周所需给养的单子去了伊德福。

阿里长老再次走进沙漠，去集合另一拨阿巴比代青年到德尔希布干活。

当妻子伊丽娅带着女儿小伊丽娅来找尼古拉时，夏季才刚刚开始。

那天，他正躬着腰在水桶前让艾布舍尔把水洒在他身上，以洗去脸上和臂膀上沾的灰土。吉普车司机也刚从伊德福拉来了一周所需的给养。他走到尼古拉身边，把给养清单和一封安托尼贝克发给他的电报给了他。电报告诉他，他的妻子和女儿正在开罗，他必须去开罗见她俩，想把她们送到沙漠来是不可能的。

尼古拉不可能在夜里动身。他把电报塞进兜里，分发完给养和水后，独自一人留在天井里。天井四周是工人们用岩石搭起的灶火，他看着工人们在火上用来煮食的容器，身心突然沉入了一片无法控制的情感中……大伊丽娅以她继承来的固执和强烈的个人占有欲产生的执着追逐在他身后，尼古拉不过是她那成功的项目中一个补充进来的因素……黎明时分，尼古拉乘着吉普车先到了伊德福，从那里再搭火车到开罗。一见到他那两个女友——妻子伊丽娅和女儿伊丽娅，他的全部感知立刻坠入了缠绵细腻的夫妻之爱和父女之情的漩涡中。

大伊丽娅来了，以她所拥有的全部的奔涌的妩媚武装了自己。在尼古拉尚未结识她、与她结婚前，意大利岸边的男人们的目光就经常被这种妖艳转动着，并神魂颠倒。她已经做好准备，让尼古拉和她共度一夜春光。重回理智后，她要让他忆起自己所忘却的——她是他的妻子，她准备好了要诱惑他，把他带回意大利。她在城里的豪华酒店订了一套客房，以一个漂泊已久的丈夫应该享有的殷勤接待了他。现在，这个丈夫又回到了他那日夜思念他、等待他的妻子身边……他俩共同度过了两周，他俨然是一位心绪安宁的幸福的男人，在妻子和女儿的陪伴下，在埃及的首都进行了一次非常享受的旅游。

热烈的拥抱，无声的接吻，一次又一次……尼古拉请求伊丽娅留下来和他一起，做他的城市的女王——那是一座在他决心将自己的心智和身体奉送的沙漠中建立的城市。

伊丽娅则求他和她一起回去，做那些成功项目的国王。

他明白了，他们俩是一场双方无法汇合的争斗的两个方面。在这漫长的分离之后，双方付出的感情已经不适宜这场争斗。

她的武器尚未用尽。她已为这次旅行备下了一大笔钱，确信自己的努力决不会失败。这漫长的逝去的岁月足以填满尼古拉的感情失缺，那将他驱向漂泊异地的感情的失缺……这种感情将使他安定，开始回头。

尼古拉不停地向她讲述着他在那伟大的德尔希布的宏伟的梦，讲沙漠、大山、贝都因人和那些用古银币装饰的大树……讲挖掘、爆破和从那深深的隧道里开采出来的制造女人化妆用品的原料。他对她说，他正在做着男人应该做的事。要在这个大沙漠里建立一座与真正的国王相匹配的城市。

可是，他的梦跟她的梦大相径庭。最后，两人同意让他们之间的一切继续维持原状。两三年后，也许他们中间的一个会改变态度。

女儿小伊丽娅已经紧紧地依恋着父亲，并且表示要和父亲留在一起。母亲几经反对，但令尼古拉吃惊的是，女儿却一次次坚持。

女儿的固执丝毫不亚于母亲的执拗。

母亲伊丽娅只身一人回到了意大利。

尼古拉和他的女儿小伊丽娅回到了德尔希布。

那里是他梦想的、热恋的、决心要兴建的城市。他的梦想将把它变成一座与它的国王相般配的城市。

第八章

伊丽娅那难于驾驭的情欲，就像那些大山，是一种放纵的欲望；也像他周围那充满纯粹的静谧的沙漠，是一种更加放肆的欲望。当那孕育生命的体液从一个身体流入另一个身体时，那不断出现的震撼着灵魂、偷窃着灵魂的战栗该有多么奇怪啊！

当他站在伟大的德尔希布的心脏上，那战栗一次次地在他的身体里产生，多么奇怪啊！他在那酷热的和严寒的隧道里，用手触摸着那如处女般的石壁，察看其潮湿程度。然后用白粉笔画下记号，让工人们用机械去挖掘，把炸药雷管插进它的阴道，刺破它的处女膜，宛如是为了孕育生命的一种性行为。

尼古拉，你现在难道不是让这大山生育子嗣吗？你坚持不懈地进入这大山的子宫，不就是要努力地植下生命的种子，让它生育吗？

你的妻子伊丽娅已按照她自己的意愿，给你生养了小伊丽娅；现在，你正按照你的意愿和选择要让这大山生育。

当尼古拉满身披满刺破岩石处女膜的爆破的土石时，他意识到德尔希布已经成为他妻子伊丽娅的替代。

当初，马里奥是伊丽娅的替代。后来，伊萨来了，成了马里奥的替代；当然，同时也是伊丽娅的替代。生活在沙漠里的那些岁月，他的身体从未因情欲的燃烧而战栗……那些修士们选择沙漠里的大山作为修道之处，该是多么的明智啊！那纯粹却又充满紧张的安静帮助了他，而这种紧张正源自于对体内重负的自我放松产生的沉醉……他绝没有感到自己需要女人，周围的大自然就是一个巨大的女性，搂抱着他，独享着他燃烧的情欲和活力。

甚至那唯一一个以自己女性的肉体与他的男性的肉体紧密贴合的女人，在他被那个女人俘获的那一次……那次，埃及帕夏海利勒的妻子伊格巴勒·哈尼姆像往常一样，说要到赛克利矿来看金子时，所有的工人都从山洞里出来了，正在吃午饭和休息。尼古拉把她带到了这个洞里参观。当时，尼古拉并不知道，那个女人已经开始把自己的身体从马里奥的身上移开了。

就在那时，他俩走下梯子。当他走在前面，用灯给她照亮梯级时，灯光也照亮了她的小腿。他用一双充满好奇的眼睛打量了一下她那柔软的大大方方的胴体。尼古拉不曾记起，也没在他的头脑里浮现过那幅形象……就是这个身体，赤裸着伸展在阿拉曼金色的沙滩上。马里奥用他涌动着色欲的双手，收集起那些有着珍珠般色彩的蠕动的贝壳，用来装饰这个肉体。

当黑暗把他俩笼罩，当他把自己的胳臂放在她的胳膊下带着她在巷道里行走时，他也丝毫没有感到伴随着性欲产生的生理需求的战栗。

当伊格巴勒·哈尼姆将他拥入她那自豪的丰满的双乳之间后，便向后弯下身躯，与他一起落在岩石上……这对她来说，已是预料之中的、十分清楚的事情了。

他顺从了她，仿佛答应这一要求是他的义务。事毕，他整理好衣服，举起灯为她照亮。待她也把衣饰归整后，他又走在她的前面，踏上了返回的路。

这突发的、稍纵即逝的事件把性诱惑的影子投放在他的心上。仅仅是三天，也许是四天之后，他又返回到了他从这块生活之地所获得的新的天性之中，把这件事忘得干干净净，再也没有感觉到那性欲的战栗，直到失去了伊萨。

在他低垂着头面对德尔希布的第一个夜晚，他体内仿佛有什么东西被粉碎了。他把帐篷门关上后，那吞噬了伊萨和他伙伴的、盘踞在井口的毒蛇宴，就成为充斥他头脑的唯一的画面。在他闭上双眼入睡前，他觉得伊萨一直跟他一起挤在一张狭小的床铺上……他想象着他举着刀，跪在先祖岩石洞口的地上……他想象着他骑着自己的骆驼，俨然是离弦之箭在大山之间穿梭，给那里不幸的人们送去慈爱，给那些穷困的人们带来正义……在沟壑和山谷中，用他那伟大的激情呐喊着……他想象着，他指着一个个晨星，把它们升起和下沉的时间告诉他；他想象着，他卷起裤腿，露出青筋凸起、肤色黝黑的一双小腿，赤着双脚在那燃烧的木头上来回走了两次，然后在众人面前伸出那两只脚证明他的清白无辜。

当他闭上眼睛入睡时，伊萨消失了，出现在梦境里的是他的妻子伊丽娅。那时，伊丽娅的父亲的餐馆就在海边，仓库里有一张床，是尼古拉睡觉的地方。每到夜晚，伊丽娅就光着身子钻到他的床边，把试验过的、了解到的妖媚之术统统放到帐篷里那床粗糙的被子下面……那一夜，他从她那里得到的享受从未满足，她也永远不觉得他的给予使她满足……直至黎明从后面的山谷升起，带着它的光亮悄然爬上了德尔希布的岩石、进了他的帐篷。他在沉醉的温床上醒了，伊丽娅已经消失了。

他的意识重返：伊萨确实已经死了。

那一刻，尼古拉觉得他需要伊丽娅。

他发现自己只是孤独一人，他要求自己具有孤独所具有的强大，以战胜将他拖向情欲的阴沟……聚集自身的全部能量，编织他的梦想：在这大山里建设一座充满生命和活力的城市。

伊丽娅来了。

尼古拉，在意大利的海边，男人的脖子都被她的迷人的妖媚转动的伊丽娅来到了你的身边，这能让你舍弃梦想吗？

你那干涸的肉体能够拒绝吸吮从伊丽娅的肉体迸涌出来的甘泉吗？

尼古拉，伊丽娅走后，那已经苏醒了的、在你血液中燃烧的欲望能够平静入睡吗？

多么奇怪呀！当那震撼着灵魂、偷盗着灵魂、孕育生命的体液从一个身体流入另一个身体时产生的痴醉的战栗，竟然在你带领着工人们在那巷道里寻找隐藏的宝藏时，一次次地在你的肉体里躁动。

当你以如此这般的被激起的欲望进入德尔希布山时，它自然而然地成了伊丽娅的替代。它俨然是一个女人，你渴望与之变成一体的、占有她的女人。

你不时面对的这些顽固的岩石是什么呢？它们仿佛在向你挑战，让你去战胜它们。但是，女人天性中固有的疏远与拒绝又在增加着她的艳美和诱惑。

那时，寒冬开始在秋季的天空里洒下了最初的痕迹。安托尼贝克急忙找了他的一些熟人，让小伊丽娅进了开罗的一所意大利学校，还住进了学校的宿舍。每到周末，她都拿着书和换洗的衣服到安托尼贝克位于开罗花园街的家里。她在那里就像住在自己的家里一样，随身的物品可以随意放置。

一个不满十岁的小仙女，待在一个没有仙女的家里。安托尼贝克的妻子因为生病，不能怀孕和生育。在她生命的最后几年里，她甚至无法在家里走动。

这个基督教家庭里有不少佣人，他们的土地和财产都在埃及农村。这个家里，人人都尽心尽力地为这个小仙女服务。看来，他们的主人安托尼贝克——这个没有仙女陪伴的安托尼贝克，非常喜欢她住在这里。

他已年逾四十五，无子嗣；也不可能违反传统的风俗习惯和以前的信仰，挽救他荒淫无耻的扭曲的生活。于是，他把自己奉献给了工作，把生活淹没在他用复杂的化学合成法生产化妆品的工厂里。终于，在一个普通的工业展览会上，他因提炼出的香水获得了奖。

同时，他又另辟蹊径，从涉足上流社会的各种聚会逐渐融入各种慈善团体，参加气氛浓烈的、热情的捐助活动，终于进入了王宫……以当时通行的办法获得了“贝克”爵位……一张镀金的、饰有金色王冠的证书，尼古拉把证书装帧在一个镀金的大画框里，挂在大厅正面的墙上，让它金灿灿的辉煌面对每一个来他家干活或访问的客人。

这张证明没花他多少钱，只不过是送了价值两三费丹[①]土地的礼物。

就是这个没有祖国的外来人尼古拉，在他面前为他开启了扩张的大门，击碎了他那生来即有的恐惧和犹豫的阻障；为他在这座沙漠的大山里种植了他的一部分财富；让他不费力气、不付辛苦、不动脑子地站在岩石之间，成为他的另一个合伙人白哈·哈吉的替身……这大山被他俩震动，把果实掉落在伊德福和开罗。

有什么会阻止他因小伊丽娅成为他家里的客人而感到的幸福呢？夏天一到，学校放假，她就会带着天真无邪的孩童般的欢乐去找那大山里的爸爸，沙漠对她的存在已经毫无陌生之感了。她就像一朵生活在山岩深处的、无根的、罕见的、独自开放的野花，任大山的孤寂摇曳着她的美丽，又为她增添了无限的娇美和温馨。

黎明时光，早班工人下到洞里，继续在尼古拉用粉笔划出记号的地方挖掘，接着放炮炸石。中午前不久，爆破即将开始，工人们拿着自己的工具从巷道里撤到矿井外面。尼古拉一个个数着，当确定所有的工人已全部撤出了，便点燃药捻，然后在最危险的那一刻撤出。大山颤抖了，但那颤抖几乎无法被察觉。接着，矿井外便能听到一声沉闷的被压抑的爆炸声，紧接着是一连串低沉的爆炸声。尼古拉很清楚，一声声低沉的爆炸正在开辟通往第三层巷道的道路。

两小时后，接连不断的沉闷的爆炸声完全停止了，也听不

① 埃及面积单位，1 费丹等于 0.42 公顷。

到碎石的滚落声了。看到炸药已从墙上崩下一堆堆石头，沉落在巷道底部，尼古拉放心了……紧接着，第二班工人下到井里运出石头。

他们俨然是一只只爬大山的蚂蚁，在洞里上上下下、肩扛背负，搬运着爆破后巷道里留下的矿石；再弄到洞底部的一个斜坡上，最后再运到空地上，堆出一个个小堆。在那里，已经吃完午饭和稍事休息的第一班工人在等着，他们负责检查和整理送来的石头，挑出有白白的蜡一样的滑石矿石，分成不同等级，再把每堆过磅装运。

就是这座了不起的大山，毫无吝啬的把自己的果实送给了他们。尼古拉得意扬扬地坐在天井中央，是他的感知指引他在大山的心脏里找到了第三层，那里的矿脉正探出额发向他们窥视……啊！第三层已经打开，一条条巷道从它四方形的天井里伸延出去，一条条通道呈现出来。在这一层的顶部，一个竖井已经建成，从天空把清新的空气送到大山的心脏和它的各条血管里。

尼古拉懒懒地坐在那里，监督着弓着脊背、背负着沉重的滑石原料的工人，并为自己的成就感到骄傲。喂！尼古拉，你知道吗，这些年里，有多少吨的矿石被这些工人从洞里背了出去，装到骆驼背上，再穿过山脉被送到德尔希布港口吗？

尼古拉，你已经用自己的能力建立起了一个海港，让那些来到这座沙漠中的无名大山中的船只停靠，然后再从这里返回。

尼古拉洋洋得意地坐在天井里，转动着眼珠打量着周围。这天井已经被整理好，铺上了路面，四周分别盖了木屋、仓库、食堂、厕所、机修间和工具间。他们现在已经有了一台发电机和一个蓄水罐。

尼古拉，你曾经有过比这更多的梦想吗？

你已经把德尔希布变成了你的妻子，你的孩子和你的家，在这里过上了崭新的男人式的家庭生活。这是一个大家庭，成员全是男人。全新的生活虽然粗糙、干枯、残酷，但是一个月又一个月后，你开始习惯了。这就是你在旧日迷茫的幻景和想象中看到的生活。

那时，妻子伊丽娅就是情欲。

现在，德尔希布已经变成了情欲。

令人焦虑的情欲让你待在自己的帐篷里，在那张工程设计桌、石油灯的陪伴下，彻夜无眠。你会去审视已经挖空的部分，画出应该挖掘的部分；然后，在黎明时分打个盹，歇上两个小时，在工人未开工前下到矿洞里查看岩石的情况。

尼古拉，你当时是一个人独自进洞的，用手里的一根铁棍敲打着巷道的墙，检查它的坚硬度；你带着螺旋形的测量器在洞里到处爬，揣摸着它体内呼吸的颤动，谛听着它的良心。这一切都是为了避免清晨工作开始时发生的意外坍塌事故夺走工人性命。

当你放心地转身返回时，竟意外地发现你并非独自一人。

你忘记艾布舍尔了吗！

那个有着一双夺人魂魄的眼睛、肤色黝黑的孩子……伊萨的儿子。

当你在大山的两边放松、憩息时，遥望到夕阳正带着血色的光辉向山谷沉落，掺有苍白黄色的红在漫无边际的天空弥漫，为你的大山投下了阴影时，他是你唯一的陪伴和亲人，仿佛他也是这宇宙间的唯一。

工作时，他像影子一样跟随着你，就像你两只小小的、聪明的、辅助的臂膀。

他带着你的形象和命令走向漆黑的巷道里的工人那里。他是你的厨师又是你的司机。

你的眼睛刚刚睁开，他就会在他的地铺上醒来，迅速坐起，揉搓着两眼，把你需要的东西送到你手边。

当你巡查完毕放心返回时，居然会在巷道里发现他就在你身后，你不觉得奇怪吗？

然后，小伊丽娅又来了，他们变成了三个人。

整个夏天，小伊丽娅就像你身体上的一个部分，跟你在一块渡过。但是，她跟别人迥然不同，她让你眼花缭乱，让你惊慌，然后又会几个小时地消逝在她自己的冥想里，仿佛正努力解开宇宙的一个奥秘。

因为她在这里，你开始考虑盖一间木房子，并且真的动工了。

这个大的储水罐是可以像城里的那样的，通过连接水管，满足木房子里的人的用水需要……这样做也是为了伊丽娅吗？这个幼稚的小仙女在需要洗澡时，竟毫不害羞地光着身子跑到水桶前，跳进去洗了起来，或者让艾布舍尔把水泼在她那正在发育的弱小的女性的身体上。

小伊丽娅来了，把美丽和希冀添加给了粗野简单的生活。她变成了你家的主妇，是一朵开放在你这新的木头城里的鲜花。她负责伙食，把她的欢乐和愉悦播撒在这里的每一个人的面庞上。她有数不尽的新意，一旦冒出头来，大家都热烈响应。

于是，院子整理好了，路铺起来了，一侧还种上了小树苗。

工作在发展，山上的这座小城也在发展；小伊丽娅在长大；艾布舍尔在长大；你，尼古拉，也在成长。

工人们背上来的矿石越来越多、越来越高。骆驼再把它们驮过沙漠，运到尼罗河畔的伊德福，在那里装船后送到安托尼贝克在开罗的工厂里……这个厂也在不断扩大、发展……这一遥远的路程又促使你开始思考如何缩短它了，是吗，尼古拉？

那时，你那座位于山上的木头城已经形成了自己的秩序和习惯……你的女儿小伊丽娅每逢夏季就归来，变成你那个男性大家族里美丽的装扮。每月一次，你们都会在德尔希布周围的山谷里休闲徜徉、捕捉羚羊，或者去艾因伊扎布拜谒沙兹里简朴的墓地。艾因伊扎布就在俯瞰麦加的高地上，只是广阔的红海将其与麦加分隔开来。你们为那里的穷人宰牲，然后与那有着黄色鸟喙的棕色鹰隼共同享受你们的山间野餐。

有时，你们会沿着布拉尼斯海岸走向大海……从那里再向右走上一小时，便是著名的白纳斯角。沙是金黄的，水是碧蓝的，肉眼便能看见五光十色的鱼儿在珊瑚礁里穿梭往来……在你们的身后，沉睡着托勒密王宰玛尔为他那有着非洲血统的公主修建的古城的遗址；在你们面前，在那大海遥远的深处，祖布尔基德岛影影绰绰。

尼古拉，这海岸迷住了你，俘获了你的心。那时，你赤裸着身子，躺在柔软的沙滩上进行着碘与日光的沐浴；而伊丽娅就像一条鱼儿或是一个仙女一样，劈开湛蓝的海波，游来游去的玩乐。这时，缩短运输线路的想法在你的头脑里诞生了。

为什么不用骆驼把滑石矿石从德尔希布山先运到这里，然后再用蒸汽轮船替代帆船转运到苏伊士？这样能足足缩短一半的时间，而可运送的矿石量也可翻倍。

你便开始考虑将这里的海滩变成一个港口。于是，用来停靠船只的宽大而坚固的木桩迅速地从水里的沙子中探出头来，用来休息和居住的木板房也在岸边盖了起来。客商们纷至沓来，参观你在这被水淹没的古老的岸边建设起的一座比较现代化的港口，它成为了你那木头城的一个附属。

你已经在沙漠里开发了一座曾被废弃的旧矿，并在它周围用木头建造了一座可居住的城市，具有保证工作有序地进行和发展的一切秩序。你为这座城市修建了一个海上港口，驱散了笼罩着它的孤独的阴云，将它与一座大城市联结在一起了。

尼古拉，你在这沙漠里的一切成就引起了其他矿主欲滴的垂涎。讲故事的人们把关于它的消息传布，激起了居住在首都及其高大宫殿里的人们的好奇，于是，客人们接踵而至。

那么，你那时看到，或起码感觉到，当那些客人们不断造访时，你正在播撒着所有的人都将吞咽其果实的悲剧的种子了吗？

第九章

善良的奥希克大叔来到了尼古拉在海边休息的小屋，他那斑白的胡须、浓密而蓬乱的两鬓和松散的白色的缠头已先于他犹豫的脚步进了屋里。他站在尼古拉面前，用低沉的嗓音咕哝着："告诉你个好消息，孩子，好事来了…！"

按奥希克的习惯，他总是坚持不懈地、耐心地、无言地蜷缩在岸边的沙滩上，注视着遥远的天边，直至望见远方闪亮的水面上漂浮着一个小小的白点。这个白点多半是一只用发动机驱动的"塞卡因"大船。这种船总是满载着给养和淡水按时向他们驶来。只有看到这漂浮的小点，他才迈开那枯瘦衰老的双腿，向尼古拉的小屋跑去，报告好消息。

"孩子！只要真主愿意，是好事到了……大船来了。"

"在哪儿，奥希克？"

奥希克指着远处的大海，答道：

"你瞧，孩子，它走近了！"

尼古拉凝聚目光，看看那小白点真的是他们的船，还是一只捕鱼的渔船蒙蔽了奥希克。当他肯定了老人家的判断后，故意逗弄他说：

“奥希克，那只是条渔船。”

奥希克想往后退，但又稳住身子，说：

“孩子，只有真主知晓一切，这绝不是渔船。”

随着矿上工作的不断发展，那座木头城已经在德尔希布建立起来了。门卫的工作已经不适合奥希克了，尼古拉把他调到了港口，当他们不在矿上时，负责看管那些小木屋，管理工人，把天井里的矿石运到踏板架子旁以备装船。

尼古拉先来到海边等待大船。那时，疲惫不堪的奥希克容光焕发、兴高采烈地迎接他，喊着：“舒布！舒布！”“舒布”是他们当地人问候的习惯用语……他们中的任何一人，在很多天里为等待消息或寻找雨水，独自一人或行或坐时碰上了一个同伴，还从他那里得到了降水或同伴的消息时，两人都会高兴地冲着对方的脸喊：“舒布！舒布！”

随后，两人面对面地趴在地上互相问好。

“好吗？”“一切如愿。”

“没什么问题吗？”“一切如愿！”

“没问题？”“没有。”

当尼古拉用当地方言和他说话时，奥希克高兴坏了。随后，他开始诉苦，说给养已经没了。

尼古拉微笑着告诉他，汽船一到马上分配给养。

老人揉搓着两只枯干的手掌，开始煮奶酪咖啡，然后一杯接一杯地送给尼古拉。尼古拉又无法拒绝，一连喝了三杯。

奥希克问他这奶酪味道如何。“掺了假的。”尼古拉回答。

“怎么能是掺假的呢？”老人佯装生气了。

“船还没到，奥希克？”

“就到了。”说罢就走了，把目光投向了天际。

那一次，尼古拉并不知道即将到达的船上载满了客人们的东西。

尼古拉，你就是这样，把外间世界鼓动起来了，让那里的人们来到这个遥远的小地方。他们围坐在穆罕默德·阿里的小俱乐部里，或在汽车俱乐部里，或在狩猎俱乐部里，围绕着威士忌而坐……这群人中有前任部长、一两个帕夏，有时还会来三四个佩带珍珠、喷撒着外国香水的富有阶级的美人……甚至还有几位贝克！

沙漠越野车来了，外国人安托尼贝克随之出现。他向大家讲述他那位于德尔希布的矿井和他在布拉尼斯的海滩。结果激起了听众一睹为快的热情，安托尼贝克当即发出邀请，并下令立即进行安排。

对他们到访的时间，客人们的旅行用品、吃喝和汽船出发的时间进行了安排后，所有的客人都乘着自己的汽车去了霍尔格达，从那里再坐游艇到布拉尼斯。这样，就到了那与世隔绝的迷人的海岸，撕碎笼罩在那里的孤独的幕帐，然后他们华贵的服饰和昂贵的香水塞满了港口的那些小木屋。之后，赤着双脚，半裸着身子，分散在码头周围的沙子上，将自己抛给了周围那片从未被触摸过的大自然。

在那些次旅行中，尼古拉，你见过多少张真实的面孔。

仿佛他们的脚趾一触到你那岸边的沙子，他们便扔掉了他们位于埃及社会之巅、飘浮在全社会之上的地位时所使用的面具，把他们那令人质疑的威严和尊贵扔在一边，变成了那片处女海岸上的孩子们，以近乎无邪的鲁莽闯入水中。他们游泳，他们玩着纸牌，彼此亲吻着，疯狂地做爱。然后，又涌上阿卜杜拉白·凯尔亚布驾驶的驳船，冲进海里钓鱼。

只因为他们这些人中的一个冲动，此时在沙漠大山之间彷徨的阿卜杜拉白·凯尔亚布就失去了理智。

安托尼贝克来信说，这次来的客人十分重要，将有一位大人物在随后而来的私人游艇上赶上他们。

尼古拉，这可是一位大人物啊!

除了国王之外，在埃及还有什么大人物吗?

伊丽娅乘着小艾布舍尔开的吉普车来参与装饰和安排。她命令工人把沙子铺在小木屋周围，盖住油污的痕迹，并保证让所有的仓房都有储存的水……终于，蒸汽船出现在白拉尼斯的天际，也带来了正在霍尔格达吃着午餐的客人们的行李。

有客人来，这该让可爱的伊丽娅感到有多幸福！她可以在来自埃及社会顶层阶级的华丽高贵的美人面前，自豪地展示她那被沙漠太阳和风沙催熟的野性的美丽。这是使她成为各种有权势的男人们目光的焦点的机会！使她成为被恭维和赞美的目标。

她还不满十六，但早已经是一个近乎完美的女人。尼古拉自豪地打量着她，但感到这种自豪里掺杂着一丝痛苦。

尼古拉叫来阿卜杜拉白·凯尔亚布，命令他带着另外两个人开上驳船到海里去，以便弄来更多的龙虾供客人们享用。

阿卜杜拉白·凯尔亚布中等身材，骨架壮实，淳朴实在，属于沙漠里的阿巴比代部族中的凯尔亚布人。凯尔亚布人来到了这奇妙的红海之滨，海里奇特的生物令他们眼花缭乱，最后就在绵亘于埃及和苏丹之间的海边定居下来，用长长的标枪捕鱼，在山谷的入海处收集少量的淡水，并保存起来饮用和烹煮食物。

他长到七岁时，已能和男人们驾着用埃及棕榈做的小船一起出海了。

在他成长为一个小伙子、一名男子汉时，那些凯尔亚布人早已习惯的悲剧一次又一次地降临到了他的家……事情是这样的:一个男人随其他男人一起出海，但回来的人们中却没有他；或者是他只身返回，其他人却影踪全无了……是那个半身是女子、半身是鱼的大海新娘把他们掠走了。那个永远吃不饱的妖冶的精灵诱惑着他们，把他们劫掠到任何人无法进入、亦无法返还的水底的神奇世界了。

当那些幸免者讲述着这个故事时，阿卜杜拉·凯尔亚布白总是竖起耳朵、瞪大双眼，张大的嘴巴已不能合拢。在这星光熠熠、万籁俱寂的广袤世界里，那大海无边无垠，俨然像一面宁静不语的明镜。男人们站立在滑行在沉寂水面上的小船上，用他们坚硬的脚板维持着小船的平衡。他们手握长长的标枪，瞪着勇敢而尖锐的双眼，注视着平静不语的水面，捕捉任何一点搅动水面的不平常的动静。倏忽之间，一支标枪刺向动静发生之地，如闪电划过。当投掷标枪的男子拽着标枪的绳子，让标枪头从水里返回时，枪头上扎着正在挣扎的没有逃脱的鱼儿。再看那条船，却始终在水面上无声地滑行着，不曾停止……就这样，男人们沉浸在捕鱼的欢乐享受里……突然，水面上闪现出强烈的光芒，令人眼花缭乱。那是大海新娘的头发浮荡在水面上的闪光，在静谧中变成波浪，犹如美妙的、天然的乐曲。但是，那种景象不会经常出现，只有当月亮将其苍白的银光撒满水面、逼退黑暗时才会偶尔出现。

在这倾泻在海面上的月光下，迷人的精灵开始玩起它的游戏了。尽管男人们撑着他们的小船东躲西藏，却总会看见它就在眼前……对精灵需求的熟知，使他们每个人的内心战栗，死死地盯着无法躲避的在水面上波动着的光点。于是，它就通过它选中的男人的双眼将其拉到自己的身边。他抗争着……鼓足勇气和力量,用一双扁平的脚板牢牢地钩住小船的船板。但是,这一切都丝毫不起作用,大海的新娘只要出现,就一定要实现它的渴求。

也许，就是这种经验催生的确定无疑的感觉，使其中一个男人遗弃了众人，将自身投入了情欲的光点之中。于是,大海新娘那金丝制成的头发会忽地将他的躯体紧紧缠绕、包裹起来。海水强烈地涌动摇晃,而大海新娘则旋动身躯带着他潜入了她的世界。和他一起的男人都回来了，唯独他一个，永远不会回来了。

虽然所有的男人们坚定一致，不遗弃他们中的任何一人,任其投入大海新娘的怀抱，但是，新娘强壮的鱼尾的一次摆动就足以颠覆整条小船,使全船的男人都落入具有着强烈色欲的怀抱中。

这种手段让阿卜杜拉白·凯尔亚布失去了家中的三个成员:叔叔的儿子、舅舅的儿子和他的兄弟。当他还是个孩子时，就在女人们的笑谈中听到了这种说法；稍长，又在男人的闲聊里听到过如此的新鲜事。这时他明白了：他跟这位大海新娘有仇！最后那一次，他失去的是自己的哥哥。于是，他在男人中间发誓，要为哥哥报仇；更向那个精灵发出了威胁：不抓住它，不把它拖上陆地决不罢休！

可是，这个精灵至今没有在阿卜杜拉白·凯尔亚布面前出现过！

他，长大了，成人了，变成一个成熟的大男人了。他或一人驾着自己的小舟，或和其他男人同乘一条小船，在大海上来回驰骋，但那个大海新娘至今没有露过面……男人都在说，她钟爱俊俏的男子。确实，他叔叔、舅舅的孩子都是漂亮的男子汉，可阿卜杜拉白·凯尔亚布的脸盘却略显扁平，当然算不上丑，可也远不够帅……那么，还能有什么能让那大海新娘心动，出现在他面前呢？

驾着自己的小舟在那苍白的银光上滑动时，他没有灰心。总有一天，他会遇上它……那时，一定倾其周身疯狂之力，以他那不够美但也谈不上丑的脸盘去吸引它，抓住它那勾引男人的金发，把它捉到自己的世界里来。

阿卜杜拉白·凯尔亚布的誓言和许诺成了凯尔亚布人的笑柄，也激起了他们的好奇。每当他出海，身边人便发现他的两眼变得与众不同，仿佛专门在搜寻大海新娘的头发，面对鱼儿则一片迷茫。久而久之，几近一无所获，每每失望而归。

阿里长老在那遥远的小海湾向他伸出了援助之手，把他从水里“捞”了出来，带到德尔希布，要求他用一半时间为工人捕鱼，一半时间学习新的技艺……他的生活改变了。

他喝上了真正的淡水，和各式人物打交道、相处，吃遍了以前听都没听说过的食物，钱也开始流进手心。于是，他结婚了，把妻子也带了回来，还在远离海港的岸边给她盖了一间草屋。但是，他的誓言和许诺依然是凯尔亚布人的笑柄，激起他们的好奇。不过，他自己早把它忘得一干二净，叔叔的儿子和舅舅的儿子以及他哥哥给他带来的忧伤和愤怒已经变得遥远、冷淡，被关进了内心的遗忘之乡……他的目光也不再专注于在水面上搜寻那妖冶的精灵的头发。他集中精力为矿上捕鱼，余下的时间学习选矿、矿石分类……他还有一种爱好，即每当有客人造访，便驾着港口的驳船出海。这样，可缩短一半的路程，只需两小时便可到达祖白尔吉德岛，然后在岛边上长满植物的洞穴里捉龙虾。等潮水退去再把龙虾带回来，成为沙漠餐桌上一道特殊的美味。餐后，他又可陪客人在海里度过夜晚，教给他们如何捕捉白鱼、鳕鱼和野生的珊瑚鱼等，最后再把玩疯了的客人带回港口。客人的钱撑鼓了他的钱包，而且，当人们再戏谑、嘲笑地问起他发誓要带到陆地上的大海新娘时，他也不再会陷入窘境了。

妻子在滚烫的沙子上给他烤了两张大饼当作晚饭，他把饼和工具一起带到港口，开始装备他的小船……然后让艾布舍尔跟他同行。黄昏前不久，阿卜杜拉白·凯尔亚布解开锚绳，艾布舍尔启动马达，小船离开岸边，尾部激起了长三角形的白色泡沫的漩涡，向夜色中的祖白尔吉德岛驶去。

阿卜杜拉白·凯尔亚布往他的大鱼钩上挂了一条中等大小的鱼当诱饵，再抛进飞快行驶的船后面的水中，并让它离开船身一段距离。挂在钩上的诱饵半浸在水中，紧随着小船上下跃动，仿佛在紧追小船并想要超过它……这一行动骗过了那些大鱼，引诱它们紧跟着拴着的诱饵，一有机会便从后面一跃而起扑向它，张开大嘴把它吞入口中。这时，藏在饵里的鱼钩就把它钩住了。

小船还没到祖白尔吉德岛，阿卜杜拉白·凯尔亚布就已经用这种办法钓到了两条金枪鱼，各重五十磅左右……他暗自想着：当他把这两条鱼用烤全羊的办法架在火上为客人烧烤时，尼古拉肯定非常自豪。

下沉的夕阳把水面烘托成一片亮白，快速挺进的小艇正靠向祖白尔吉德岛。铺满各种贝壳和海中浮渣的石灰石高地已经出现在眼前，祖白尔吉德山也从岛屿中部引颈而出。岩石被太阳的血色染成紫罗兰色闪闪发光。艾布舍尔开始减速。船头擦着沙滩边缘停住了，阿卜杜拉白·凯尔亚布手持锚绳率先跳下，把锚头深深插入沙地里……艾布舍尔弯腰点亮了船上的灯。无论离岸边多远，还是去捉龙虾，这灯永远是他俩的向导。阿卜杜拉白·凯尔亚布用壮实的胳臂从船里取出麻袋和碳灯，在周围巡视了一圈，等着艾布舍尔从船上跳到他身边。

像每天黄昏时分的这个时辰一样，潮水已经退离，岸边的水深还没不过膝盖。在这样的水深里，珊瑚礁的边缘开始显露，龙虾也会在这个时候出来舔食珊瑚上的营养物。

龙虾酷似普通的海虾，头很大，因舔食富含磷质的植物而身躯庞大、肉质紧密。其肉积聚在尾部，也就是说，在它尾部蕴藏着力量和防御武器。阿卜杜拉白·凯尔亚布熟知这种动物，它的名声就源于它的尾部，因其富含磷的精华可以增强性欲。所以，每当阿卜杜拉白·凯尔亚布听到客人们惊奇地讲述龙虾在他们男性肉体上产生的作用时，他捕捉龙虾的热情就更为高涨，这样可以博取客人们的欢心。

他在前，艾布舍尔紧随其后，各自用手中的碳灯照亮眼前的水面，珊瑚礁也清晰地展现在他们的面前……这时，光亮就是他们抓捕的工具。尽管龙虾的行动敏捷有力，但光线却使它们张皇失措，并麻痹了它们的行动。光一落到它那磷质的身体上，作用立刻产生，周身所有的细胞顿时发生混乱，尾巴周围的肢体紧紧抓住沙底，上部的钳夹立刻耸立起来，保护它麻痹的身子不受其他生物的侵害和吞食。但是，也就在那一刻，它所有的视觉系统也被光照变得无用。这时，阿卜杜拉白·凯尔亚布的大手猛地落下，手指插进它的各条腿之间，轻轻地将它从水里提出来，对那用力拍击、企图挣脱的尾部尤为小心。直至阿卜杜拉白·凯尔亚布把它投进背囊的黑暗中前，那龙虾是不会安静下来的。阿卜杜拉白·凯尔亚布则重新用灯光照亮路，继续他的水中之行，并在寻找下一个目标了。

海空上的明月已经圆满……为祖白尔吉德岛和那些岩石披上了铂金色的霓裳，耸立在黑暗中的岩石俨然是被遗忘在这富有宝藏的岛上的古老的神像……那时，艾布舍尔已穿着脚蹼下到了龙虾后面的那些小海湾搜寻。时间过得很快，他的袋子里已经装满了龙虾，几乎找不到一点空隙了。于是，转过身，提灯照看周围，不见阿卜杜拉白·凯尔亚布的踪影，也没有看到他们小船上的亮光，便正了正背上的袋子，开始往回走。当他蹚着水走在海边时，忽然对这奇妙的、宽广的海水世界产生了遐想。这世界无边无际，里面住着无穷无尽的他所不知晓的生灵……能捉到龙虾，令他内心充满自豪；能够学会开动驳船也让他高兴。每当这个世界里有什么新东西激起他的好奇时，他就一定想去学会它，这就是他的自豪之所在。许多个夜晚，当德尔希布营地里所有的人都沉入梦乡时，只有他一个人像会情人似的独坐在吉普车前，满心都是“情人”的娇艳与美好。这种时候，他经常一个人蹑手蹑脚、偷偷地摸到汽车跟前，端详它的每一部分，而后按照记忆的纽带，一步一个脚印地去琢磨研究它。那记忆纽带上的东西可是他从阿里师傅那里偷学来的。他看着阿里师傅用他那神奇的手拨弄着这些东西，并让汽车焕发出生命……甚至在他那恍惚不安、时断时续的睡梦中，有时他也会看到自己的手指居然也有了师傅的能力。他始终没有停止过端详琢磨，也从未满足于梦境中的所见。时间一长，便开始紧跟着阿里师傅，连做梦都如此。

他深知，他内心里那种渴求知识的贪婪，就是他的自豪骄傲之源。当他从尼古拉那里听到关于他父亲的事时，他便断定自己就应该如此，就应该这样自豪和骄傲……伊萨的儿子就该与众不同。

双腿周围的海水的凉意让他精神焕发，虽然消耗着他的体力，但也在他身体里注入了活力。忽然，他听到有人在喊自己的名字，声音穿过大海的静谧，环绕着海岛，撞击着突兀的岩石，在天空里回荡。他明白是阿卜杜拉白・凯尔亚布在喊他。

两人下船后相背而行地去捉龙虾，小船正好位于他俩中间。他们约定，先回船上的要喊另一个。看来，阿卜杜拉白・凯尔亚布已经回来了。

艾布舍尔举灯向远处张望，既看不到阿卜杜拉白・凯尔亚布，也不见船上的灯光。他意识到自己已经走出很远了，便顾不上阿卜杜拉白·凯尔亚布的呼喊声在身后回荡，加快了在水中行走的速度，急急忙忙往回赶。

见袋子里早装满了龙虾，阿卜杜拉白·凯尔亚布便转身向小船走去。一到船边就把袋子扔进船里，略为整理了一下船底的捕获物，给艾布舍尔带回的龙虾清出地方。一切就绪，他盘腿坐在船头等他回来。他从长袍的兜里掏出一盒香烟，点燃一支，目光凝视着前方大海里闪亮的水面。蓦地，他的目光凝滞在了一个闪光点上，心也开始颤抖：大海新娘的金发正在泛波的光亮下时隐时现地闪耀！他马上直起身板，挺立在船头上，全身不由地泛起一阵阵恐惧。那些关于神奇精灵劫掠生命的老故事，顿时从脑海里一个接一个地跳了出来。恐惧！始终是恐惧！让他恍然意识到现在自己正在船上，而船又被牢牢地拴在岸边时，一颗心才勉强平静下来。他不会钻进它的圈套了！在安静气氛的笼罩下，他开始定下心来细细打量那个闪着亮光的点。不料，令他大吃一惊的是，这个亮点正径直向他游来！

这个淳朴的头脑顿时以不寻常的速度开始转动……忆起了旧日的誓言和威胁，自忖道：难道他期待已久的美事即将发生……他那不美也不丑的脸庞真的诱惑了那个精灵，把它勾引出了水面？

亮点离他越来越近，已经看到了它的皮肤呈深棕色，而自己的身体也在颤抖。他弯下腰，犹豫不决地抓起船上的矛枪，扁平的脚板牢牢地踏在木制的船板上，任心不断战栗，默默地瞄准那游动亮点的方向。这时，正值涨潮，日落时分露出的那部分小岛被淹没了，船周围的珊瑚礁也消失了，原来停靠在沙滩上的小船也逐渐升高，飘了起来。潮水越涌越烈，大海新娘咖啡色的皮肤显露得越来越多，那闪亮的金发先于它的身体向岸边飘来。阿卜杜拉白·凯尔亚布的恐惧在加重，心跳的速度在加快，终于放声喊出了艾布舍尔的名字。

阿卜杜拉白·凯尔亚布，难道现在轮到你了，是让那金色的头发把你的身体缠绕，拖拽着去与那贪婪的大海新娘结婚，加入你叔叔的儿子、舅舅的儿子和你哥哥的行列，走向那大海深处，永不回返吗？还是你应该坚强、自持，像一个真正的男子汉那样，兑现你在比较安全的陆地上，对那精灵的淫欲许下的诺言和进行的威胁？

又一次浪涌让那精灵的身躯漂浮起来了，阿卜杜拉白·凯尔亚布清晰地看见它转动着庞大而柔软的身体，离自己只有十米左右的距离了。尽管那精灵仍在继续向他游来，但阿卜杜拉白·凯尔亚布却怀疑那身子是静止不动的……举起的矛枪迟疑了片刻，也许他觉得站在船上，那精灵定能轻松地靠标枪的绳子把他拽过去。于是，他便从船上跳到了沙地上，靠着一块岩石作掩护，想把矛枪掷出去。可是，那大海新娘仿佛随着潮水漂浮而起，把自己的身体交给了潮水，毫无反抗地任其摆弄。于是，潮水不断把地它往岸边推送，阿卜杜拉白·凯尔亚布和它没有了距离，它和船之间也没有了距离，它撞击了小船，越过了小船……又一次潮涌，它翻了个身，一半的身子就在岸上了。

看着它那庞大的身子，阿卜杜拉白·凯尔亚布哆哆嗦嗦地后退着。当然,手中的矛枪一直瞄准着不曾掷出。又等了一会，他过去轻轻将它抚平，小心翼翼地从脖颈处往下抚摸。这个大海新娘没有动，也没有一丝抽搐或反应。

阿卜杜拉白·凯尔亚布明白了，他那强烈的愿望已经从心头坠向了脚心，彻底死亡了。

昨日白天，阿卜杜拉白·凯尔亚布一直听见炸药的爆炸声在大海深处响个不停。响声一停，巨大的喷泉从爆炸处冲天而起，随后又迅速地落回大海，寂静又重新把大海笼罩，直到又一次爆炸响起。正是那些在海底寻找石油的人把这些炸药扔进了大海，炸伤了这个大海新娘，令其窒息、浮出水面，爬着来到了他的身边。

阿卜杜拉白·凯尔亚布试了一两次，让那躺在沙滩上的东西动弹，但都没有发现任何生命迹象。于是，放心大胆地走近去仔细观察。

它金色的头发短而粗糙，肯定是海水让它看来显得很长，还有光线给了它闪动的光亮。它的一对前臂很短，前胸消瘦，可是两个乳头却清楚地凸现着……肉质的腹部浑圆发亮，面部被埋在了沙子中，鱼尾状的尾部淹没在水中。

看完后，阿卜杜拉白·凯尔亚布不禁自忖道：这位被击败在沙滩上的新娘太丑了，莫非它在水里或月光下才会变得充满力量和狐媚?

他庆幸它不是在活着的时候出现在他面前。这时，不知怎么的，突然他的脑海里跳出了一个魔鬼般的想法。他从船上弄来绳子，把它的脖子、双肩和腰部捆起来，边捆边呼叫着艾布舍尔。

听到喊声，艾布舍尔加快了在水里的步伐，来到船边，看见阿卜杜拉白·凯尔亚布正在收紧绳索。突然，沙地上巨大的身躯，着实把他吓着了。同时，他又觉得十分高兴：阿卜杜拉白·凯尔亚布实践了他在众人面前许下的诺言，为他叔、舅的儿子和哥哥都报了仇。从此，人们对他的嘲讽不再了。阿卜杜拉白·凯尔亚布还告诉他，正当他在找龙虾时，在水边上发现了它。于是，把绳子抛了过去，再用矛枪杆打它耳后，见它失去知觉后才把它拖上岸来。但是，让艾布舍尔怀疑的是，阿卜杜拉白·凯尔亚布并不具有打晕它的力量，杀死它的力量绝不一般。但是，阿卜杜拉白·凯尔亚布强调是他把它打晕了。接着又对他说:现在你再把它弄回水里去试试。它只要一进水里，就会像活火山一样爆发一样潜入水中，用令人恐惧的尾部拍击岩石。所以，现在我们要做的就是让它远离海水，把它带到船尾，牢牢地捆在那里。

就这样，艾布舍尔先在船的下面挖了一个中等大小的坑。两人齐心协力推船的尾部，让它向外倾斜。然后把大海新娘拉到船尾上，再上下左右牢牢地绑结实了，让它那长长的庞大的身躯稳稳当当地平躺在船上，两人再合力把船推向水里。可是，大海新娘那沉重的体躯总让船尾淹没在水里。艾布舍尔有些不放心，便把船尾处的两条金枪鱼和两袋龙虾放在船头。这样，没在水里的船尾抬高了一点，让人放心不少。阿卜杜拉白·凯尔亚布断定，船快速地向海里行驶，将有助于浸入海里的一侧避开海水。艾布舍尔开始发动了，船儿迅速地离开了岸边，把祖白尔吉德岛远远地抛在身后。阿卜杜拉白·凯尔亚布则紧握矛枪，蜷缩在船尾他的俘虏身边，睁大眼睛盯着它;同时也注意观察有没有凶猛的鲨鱼尾随，“新娘”的气味肯定会把它们招来，紧跟小船，等待时机咬住“新娘”的大尾巴。

远处，白拉尼斯海岸终于出现在他俩眼前了，岸上闪烁的灯光令他们惊诧不已。以前，阿卜杜拉白·凯尔亚布从未在港口看到如此多的不寻常的亮光。

第十章

尼古拉，当你让记忆围绕着苦瓜的籽粒盘旋时，为什么要让自己淹没在那些毫无裨益的苍白的细节之中呢？是你漫不经心地将那颗苦瓜的籽丢弃在你的城市的沙粒间，它竟变成了参天大树，用毁灭和悲伤把你的城市笼罩。

许多年宛如倏忽之间，那悲剧膨胀着从未收缩，你为什么没有在这悲剧的初始就直截了当地刺入那晶体状的肉体里呢？在那恐怖确确实实发生之后，当那恐怖已然成真之后，现在，那悲剧已然变成了逃脱那预料到的和实实在在、确实发生的恐怖的手段了。

海港的空地上，六辆吉普车把陛下的车队包围着。蓦地，吉普车的前灯一起被打开，放出了耀眼的光芒。就在那一刻，你不曾被危险的感觉提醒吗？那光亮把你的客人暴露无遗，无论男女，都是全裸或半裸地置身于海水里。你海港边上的海水尚未摆脱夕阳的余热，变得温温柔柔的。也是那亮光，照出小木屋前沿着院子长度伸展的贝都因的餐桌，上面摆满了客人们从开罗带来的各种食物。阿里长老的孩子们正不停地转动着在火上烤着的一只只羊羔，等待那些享受过他们那奇特的黄昏海水浴的客人们。

当你看到国王的战争幽灵们，看见他们那铜制的肩章和在车灯下闪亮的武器时，那危险的感觉愈发强烈，急促地敲打着你的内心。这些幽灵们正用他们沉重的皮鞋践踏着空地上的沙粒，在车灯的范围内，用他们的武器搭成一个拱形，好让陛下在其荫庇和保护下通过。

然后，当你眼花缭乱地站起身时，内心对危险的警惕消失了。突然间，士兵们和灯光制造出的显赫和尊伟出现了。人们拥簇着汽车里的那个胖胖乎乎的男子——国王，来光顾你的城市了。他站在士兵们为遮挡汽车前灯刺目的光亮而用闪亮的刀剑架起的拱形之下，注视着他的一小群子民从大海里走出去，任海水从他们那发亮的身体上滑落，并用双手将两眼遮挡以躲避车灯光亮的刺激。

伊格巴勒·哈妮姆轻松地走在众人前面，努力地拔直身躯、挺出胸脯，坚信身处光影焦点中的陛下肯定会看到她。所以，她必须以一副更好的容姿自我奉献。

她该有多享受，多幸福啊！，当国王陛下把他那肥厚的手掌压在她伸出的、向他问候的手指上时，她几乎是全身裸露着的。

于是，伊格巴勒·哈妮姆离开了所有的女宾去精心装扮自己。只见外国人安托尼贝克在车队前的光影里蹦蹦跳跳，表达国王陛下的到来给他带来的幸福和沉醉。

大清早，国王离开卫队去他在白纳斯旁的营地，并继续到阿勒白山谷猎羚羊。那时，人们都估计到国王会在翌日来到这片海滩。

在那些充满突然、欢乐和窘态的时刻，这里的每个人都在内心里勘探着能够奉献给国王陛下并吸引他的东西。阿卜杜拉白·凯尔亚布划着他的小船到达了岸边，惶然不知所措地站在光圈里，茫然地望着艾布舍尔；艾布舍尔也愣愣地看着他，两张游牧人的脸上同时出现了无限纯真的幼稚。他们俩的身后，是那只半埋在沙滩上的小船——随着潮水的涌动，那条鱼一样的精灵在船上摇摇晃晃。

他俩，特别是两人带来的东西突然出现在岸边，吸引了现场全部的关注。同时，灾难也把它的第一颗种子在这里播下了。

消息传到了餐桌旁：阿卜杜拉白·凯尔亚布复仇成功，诱捕了大海新娘，把它从海里弄到了陆地上。于是，有人觉得让国王开心的机会来了。当场给国王描述了阿卜杜拉白·凯尔亚布的不幸及其发出的誓言……当有人发现这个故事确实吸引了国王时，乘机狡猾地发问：阿卜杜拉白·凯尔亚布是否认真对待了自己的誓言。如果大家能出席他和大海新娘在夜间举行的婚礼，那该是何等的享受！这在贝都因人的餐桌前、在国王陛下面前产生的想法爆发出了充满憧憬和奇特感的灿烂和光亮……一个男人和一条鱼做爱！国王陛下可从未见过！于是，他们群情振奋、一哄而起，带着野蛮的喜乐，欢叫着向水边冲去，仿佛在迎接一位英雄的到来。同时，他们那被好奇的欲望点亮的目光一齐集中到阿卜杜拉白·凯尔亚布的身上，几乎穿透了他的破烂衣衫和躯体，进入了位于他身后的大海，到达那个水中怪物和那个被期待的婚礼的荒诞的场面……大伙一面认真地端详那被施了魔法的新娘，夸张地奉承着它的美丽；一面拉着、扯着、拽着阿卜杜拉白·凯尔亚布的手和肩膀，称赞他的英勇气概，嫉妒之情油然而生。

一开始，人群里的阿卜杜拉白·凯尔亚布惊慌失措、一脸无奈，俨然是一只落网的野兔。但是，没一会儿，他那颗纯洁的心开始自豪地接受了，美滋滋地享受着祝贺。接着，便自然而然地讲起他是如何看到这个新娘，如何战胜了它的诱惑，反过来引它接近陆地，先把它打晕，然后和艾布舍尔一起把它弄到了这里。

在他讲述的过程里，往日的誓言被重新提了出来，可惜阿卜杜拉白·凯尔亚布没有注意到那个他即将被诱入的圈套……他以自己纯洁无邪的天性回应着人们的热情，更认为这正是他摆脱那为时已久的誓言的好机会。不过，他内心深处总在想着那个于心不忍的小小的谎言——把这个已经死亡的新娘说成是生命犹存。这是一种罪孽。于是，心中一股忠义之气油然而生。当他知道人们还要为他筹备跟这手中的猎物的婚礼时，人们对他表示出的殷勤几乎使他感到自己不配承受。于是，他再也无法退却和反抗了。

座位摆放就绪，国王陛下就在圆圈的中央。汽车灯光洒落在沙地上，男人们正在为即将到来的新娘准备席位。是港口工人帮着把新娘拖出来的……灯光集中了，看到那棕色的躯体已经沾满了沙土。男人们用水桶提来海水往它身上浇着，沙粒顿时滑落，露出瘦瘦的胸部和下部分叉、宽大的肉乎乎的腹部。一阵阵叫好声和鼓噪声立刻爆出，阿卜杜拉白·凯尔亚布发现自己已然成为国王及其卫队前面的大灯的俘虏。人们热切地围着他，仿佛从来没有怀疑过他这个英雄，没有怀疑过他会让他们失望，没有怀疑过他就是他们中真正的男子汉……他怎么会让他们失望……怎能不成为他们中真正的男子汉呢？

他让自己犹豫的、颤抖的目光在那具身躺在沙地上的水中动物和包围着自己的人们之间游移，看来这是一种笃定，不能逃脱了。要么像一个真正的男人那样度过这一时刻，随后便可以在所有的男人面前戴上诚信、仗义和其他美德的桂冠；要么一无所能地瘫倒在这一时刻的利爪之下，从此之后，他再也不能在这些人面前昂首挺胸，也再也没有人会为他端起茶杯。

环绕成一个圆圈的人们安静无语，这令他尴尬不已，他们仿佛在宣布他们已忍无可忍了；而他的目光又恰恰遇上了国王陛下双目中射出的“皇家目光”，出于尊崇和敬畏，他一直在躲避这目光。于是，他的窘态剧增，汗水从破衣烂衫里的发抖的躯体上迸涌而出。这时，安托尼贝克拿着一只盛满威士忌的杯子走到他面前，让他喝下。刚喝了两口，便觉得五脏六腑就像被被烈火炙烤一般，热血冲上了头顶，思维顿时中断，便把手伸向裤带，将其拉开，露出了肌肉健壮的两只小腿，为所有在场的人们提供了一个短暂的机会：名正言顺地看到了他那大丈夫气概之本。然后，低头走了几步，弯下腰，一股脑地让自己趴到了躺在那里的那位新娘的身体上了。

当他赤裸的身体触到了那粗糙的、湿漉漉的肉体时，他顿觉毛骨悚然、不寒而栗。他把脸深埋在那新娘瘦削的胸间，开始哭泣……但无人听到他的哭声……

在那展开的餐桌旁，尼古拉默默地坐在伊格巴勒·哈妮姆对面。距离他俩一步之遥的地方，汽车的灯光照着那圈人，其中有国王、帕夏、三个身份令人怀疑的贝克，还有一个外国人，以及不少的拥有近四分之一埃及财富的地产商和金融界人士。他们一边大口地吞咽着举在手里的杯中的威士忌，一边以野蛮的淫荡死死地盯住那个赤裸的黝黑的身体。这是那个无名无声的贝都因人的身体。正是他们，在这个地方，让他陷入了他们那低俗而狂乱的欢乐的陷阱里，以其天赐的朴实同意了让他的人类的身体去与另一个世界里的、体积庞巨的雌性生物媾和——那个令人厌恶的、使人恶心的、半软的、滑溜溜的躯体！

伊格巴勒·哈尼姆有一副望远镜，从未离开过她的挎包，俨然是一件精美的艺术品。此时，她将它从包里拿出来，瞄准场面的焦点，然后又移动长焦距，直到能看到汗水不停地从那个赤裸的贝都因人黝黑的皮肤上的汗毛孔中冒出……她看到了那个贝都因人的心跳正在鼓动着他的胸脯，让他的肌肉充满血色。她几乎能在这么远的地方听到他急促的喘息，她再把镜头对准了那些如饥似渴的、瞪着眼睛的男人们。一开始时，她真觉得恶心、十分不解，这种荒诞的、令人作呕的媾和怎么会激起他们如此大的欲望？然后，她又将注意力转向了那两个黏合在一起的躯体上的器官，它们竟也搅动了她的内心，这太令她吃惊了。

餐桌对面的阳台上，女人们带着轻浮的好奇心挤在那里。，其中一个人向伊格巴勒·哈尼姆打听出了什么事，她咯咯地笑着，用一句下流话作了回答。接着，便用法语以一种尽是诱惑和刺激的淫荡的方式，向她们讲述了发生的事情……仿佛她正向她们广播一场重要的球赛。

尼古拉看见伊丽娅一个人站在窗前，开始时，他并未注意，她已经把自己金色的头发烫出了卷卷，并把它盘在头上，任一些发绺遮住一边的面庞。于是,这样显得比她的实际年龄要大。她正认真地打量着伊格巴勒·哈尼姆，热切地听着她的讲述，再把目光投向场景的焦点。实际上,她根本看不清发生了什么。但是，尼古拉十分清楚，伊格巴勒·哈尼姆的那些话将会帮助她想象正在发生的事情，而女儿自己又在放任自己的好奇，这使他倍感不快。于是，迅速转过身体，向远离那圈围绕着阿卜杜拉白·凯尔亚布的男人的方向走去。他来到岸边，瞥见了那只载来了“野兽新娘”的小船的一半几乎被埋在岸边的沙子中，进入了投放在那野蛮的、淫乱的集会上的光圈；而它的另一半虽已沉入海水的黑暗之中，却依然晃晃荡荡……他看见艾布舍尔了，他双臂抱膝蹲缩在船尾，并把下巴深深地埋在双膝之间；而他那一双大大的、目光犀利的眼睛正死死地盯着那圈人的中间……那里，阿卜杜拉白·凯尔亚布正趴在那个水兽的肚子上，完成他变态的任务。尼古拉的心收缩着充满忧伤，他离开了，独自一个人咀嚼着内心的感受。那是一种自从他的客人们到来之时，他便估计到的不断生长和增大的焦急。

现在，在他这里所发生的事情无法想象、超越理智，尽管一国之主的到来让他内心产生了无比的幸福的优越之感;但是，这些男人们把属于他的地方变成了发泄他们情欲的无耻的狂乱之地，使郁闷和不满控制了他的情感。

阿卜杜拉白·凯尔亚布还在呼呼气喘，竟无力站起来，仿佛他在进行刚才的行为时无知无觉。当意识重又返回时，他明白了，这是何等的耻辱和丢脸啊！他无法抬起头，面对围绕着他的这些人，又对自己毫不负责地、随便地将自身的重量压在这大海新娘身体上的行为安心了。对于他来说，仿佛这个水兽的身体比那些死死地盯着他、以好奇和欲望吞噬着他的眼睛仁慈！

开始时，他哭了起来，哭泣给了他力量，仿佛已将他从犯罪的心理状态中清洗干净了；可是哭泣停止了，他又感到了空虚和失落，无力走出下一步并挺起身来。于是，他仍然赤身裸体地趴在那光光的水兽的肚子上。国王觉得十分诧异，做出了一个询问的暗示。于是，安托尼贝克急忙跑到人们围成的圆圈里面去探个究竟。他俯身看阿卜杜拉白·凯尔亚布，然后，又吃惊地站了起来，并宣布阿卜杜拉白·凯尔亚已经睡着了。

国王站起身来，众人亦随之站起，把灯光聚在阿卜杜拉白·凯尔亚布和他的新娘身上的汽车的发动机也迅速地转动了起来。

车灯抛开阿卜杜拉白·凯尔亚布和他的新娘后撤了，开始为国王陛下照亮走向餐桌的路……这里发生的一切激起了大家的食欲。

女人们过来了，有男有女，这里变得正常完美了。男人们慷慨地为她们献上美酒，尽情地补偿着因她们不在而未能进行的调情和挑逗；她们则尽量表现出，她们完全了解了那场变态的婚礼,仿佛要以此打击打击男人们在她们面前表现出的骄傲。伊格巴勒·哈妮姆把通过望远镜看到的详情一一讲述，国王鼓励地向她微笑着，并把她拉向自己身边，欢庆会狂热到达了无以复加的边际。

可能是一个卫队的头领发出了命令,所有的车灯顿时熄灭,突降的黑暗全面笼罩，让那被禁锢在华服里的性欲获得了解放，冲闯而出。在那只能望见遥远天际的星光的黑暗里，伊格巴勒·哈妮姆被欲火燃烧而发出的喘息声不时响起，伴随着她的是享受的抗拒和身体的扭动，那正是可以想象出的、尊贵的国王陛下的作为所带给她的。

突然，一个无耻的女人带着浪荡的笑声从餐桌前跑开，一个男人紧随追赶。不一会儿，他追上了她，俩人的笑声在远处响起并一起滚落在沙地上……随后，声音混杂，交叉不绝，俨然这群人在那空旷的黑暗之中奏出的一种曲调。

在这看似协调的曲调中，尼古拉的声音实在怪异，他悄悄地在黑暗中呼唤着伊丽娅。他在刚才的那种状况中沉溺了片刻，在黑暗中听着各种声音以辨别发出的声音来讨取欢乐……突然，他想起了伊丽娅……他开始悄悄地呼唤着她的名字，在放荡的喧嚣中寻找她所在的地方，但未得到回应。于是，他的呼唤声逐渐变大。终于，突然急切地从地上跃起，在一个个身体之间小心地摸索着他的路，寻找着女儿……两条光滑的大腿把他绊倒了，一个赤裸的胸碰到他的胳膊，他好像摸到了一个男人的某个器官……他不停地道着歉，却没有一个人在意……

他拼命地向那些木屋跑去，可她并不在自己的房间里。于是，他开始在各个房间里跳来跳去，继续寻找…当他从木梯走下时，内心企盼着她自己已经远离了这疯狂的淫荡……他呼唤着她，向岸边走去。在他跌跌撞撞的狂奔中，一个柔软的东西将他绊倒在沙地上。当他把头抬起来时，看见自己正摔在“大海新娘”的身旁，阿卜杜拉白·凯尔亚布仍然赤裸着身子趴在那个“新娘”的身上。

伊丽娅和艾布舍尔就坐在他对面的沙地上，在那无声的暗黑里沉默不语，紧紧地盯着他俩的朋友阿卜杜拉白·凯尔亚和他的新娘。

在潮湿的沙地上，他俩俨然是一对天使坐在那里，肩膀挨着肩膀，不停地注视着他俩面前几步之遥的地方。那里有两个大小和种类迥然各异的身体，悄然无声，像死亡的静寂……伊丽娅在艾布舍尔身边悄悄地道出了她的猜测：是不是大海新娘已经把阿卜杜拉白·凯尔亚布的脖子咬断了，或把他搂死了？

艾布舍尔晃动着他黑黑的小脑袋，冲着伊丽娅把他的那双大眼睛眯起来，嘟囔着说：这海兽已经死了，阿卜杜拉白·凯尔亚布那时肯定也知道它已经死了！

伊丽娅大吃一惊，然后以一连串的充满好奇的问题表示对发生的事情的憎恶。这使得艾布舍尔不得不向她讲述他向所有的人，包括阿卜杜拉白·凯尔亚布在内的所有的人的隐瞒的真相，即从一开始时，他就发现那位"新娘"已经死了，但他没有告诉阿卜杜拉白·凯尔亚布，以便在他面前，在所有人面前帮助阿卜杜拉白·凯尔亚布……结果，阿卜杜拉白·凯尔亚布为他的谎言付出了代价。

尼古拉在他俩面前摔倒在地，这时，他俩才注意他，便肩靠肩地站了起来。尼古拉一面掸掉裤子上潮湿的沙子，一面命令他的女儿回家睡觉。可她却盯着他，仿佛这里发生的一切还在令她惊诧不止……他的父亲是否也像她一样，知道了阿卜杜拉白·凯尔亚布已经同一条死亡了的水兽媾和做爱吗？

见她僵滞不动，尼古拉微笑着走近她，轻轻地拍抚着她柔嫩的面颊，嘟囔着说她还太小，不应看到刚才已经发生的事情。

伊丽娅把尼古拉的手从脸上推开，显示出了她的母亲大伊丽娅显示自己无辜时的高傲，转过头去，拒绝那抚摸着她的面颊的人内心中对她的指责，走开了。

尼古拉不解地摇着头，让目光追随了她片刻，然后拽着艾布舍尔的胳膊俯身转向阿卜杜拉白・凯尔亚布，不停地摇动着他的双臂。然后，把他的脸翻转过来，在他的耳边呼唤着，可阿卜杜拉白・凯尔亚布丝毫没有要醒过来的迹象。

他呼吸匀称，俨然沉湎于充满美梦的自然的睡眠当中，双唇挂着自豪的、无辜的微笑，一种内心的焦虑控制了尼古拉……可能他已经意识到了，这件事情，已经毁坏了这个男人的理智。于是，他让艾布舍尔提了满满一桶海水，湿润着阿卜杜拉白・凯尔亚布的头部和颈部，再用冷水按摩着他的双臂和额头。此时，伊丽娅已经脱了鞋，用她那双小脚慢慢腾腾地踏着沙子行走，并低着头，一边看着双脚的活动，一边想着父亲的话。她真的还小吗？父亲的想法是否预示着她永远长不大，让她永远守在他自己身边？

在开罗的外国侨民的学校里，她难道没有听到过那些比她大的女生讲的事情吗？那些事情发生在周六或周日的夜晚，在学校的音乐教室或家中的花园里……难道她不曾与她的女同学们一起读了那些书，看了那些图像，交换着放荡的故事和笑话吗？这个傻爸爸，还认为我会从他的这个欢宴上学些什么呢？

吸引她的绝不是伊格巴勒・哈尼姆和她的那些女伴们的放荡，也绝不是男人们的调情和无耻的下流！就是他们在夜幕笼罩下缠绕的身体和他们那情欲的呻吟和呼叫，对她也毫无吸引力。

从一开始时就吸引她的是国王在这里。她在这样近的距离看见了国王，并且仔细地打量了他……她失望了，对国王的想象和期待消失了。除了所有的人自愿地给予他的尊崇和伟岸，他和卫队里的任何一个人毫无差异。为什么那些人要自愿地给予？她不知道。也许,正如她在一个关于国王的神话里读到的，他们担心、害怕国王会发出砍掉他们脑袋的命令！

她沉浸在自己的思绪里，谛听着渗入身体里的舒适的寒冷的战栗；而她的双脚正踏破沙土，陷入其中，直到触摸到了深处那温馨的暖意。然后，再将双脚挪出，踏上寒冷的沙土，重新踏破它，陷入其中……这时，她看到了一个服侍国王的小伙子。

他正站在黑暗里，点燃一支有着美丽的长长的过滤嘴的香烟，高傲地将目光投向那张杂乱无章的餐桌。周围的凳子已被食客们掀翻弄乱，倒在周围的沙地上；他们自己却在那里呼叫着、喘息着。然后，他又将目光投向了他的主人的灯光所在的地方……只见他的主人正将自己尊严的身躯松垮地摊在沙地上，伊格巴勒·哈尼姆紧紧地搂抱着他，仿佛被牢牢地钉在那里……这情景并未使他吃惊，也未触动他的欲望；只是让他估计着国王结束当前行为的时间,以便为下一步的事情做好准备。翌日清晨，国王的队伍将起程穿越沙漠中的谷地和那些荒凉的石头山，前往鲜花盛开的阿勒白山谷，让国王猎获一两只羚羊，然后胜利返回！

这时，他看见伊丽娅从岸边走来，她那白皙的面庞和金色的发丝照亮了环绕着她的黑暗。他开始注意了，那从岸边的黑暗中展现出的、散发着诱人的成熟和初放的芬芳的一株野生小树，触动了隐藏在他内心深处的经验。于是，他的心颤动着，正如一个男人的心被情欲颤动着。但是，他的这颗心是因为另一个男人的欲望而颤动……一种内心的涎水开始流淌，垂落在他的牺牲品上；而他的头脑则在想象着这个牺牲被摆放在他的主人——赐予他恩惠的主人的双臂之间……仿佛他正因主人的享受而快乐！

看见她走近了，俨然是一棵果实尚未爆出的、洋溢着惹人的欲望的小树。于是，他那老练的、被收买的思维开始了早已习惯的流动……在阿勒白谷地狩猎的帐篷里，在那一盘盘被浸泡在葡萄酒里准备烧烤的羚羊肉中间，她就是国王陛下餐桌上的一道甜点。那些羚羊是国王猎获的，或者是他的随从们为他猎取的。他们把羚羊皮剥下，搁在国王身旁的餐桌的边上，以彰显他的豪气和独尊。

当他用自己的眼睛打量着渐渐走进的沉思着的伊丽娅时，他的记忆让他看到了国王陛下修饰得尖尖的、优雅的胡须，前额的头发晃动着飘舞起来，让兴高采烈的贪婪的微笑在脸上洋溢开来。国王陛下的微笑告诉他，他将会因为伊丽娅得到丰厚的赏赐。

他似乎看到国王向他走了过来，轻声问道："你就是伊丽娅……我听他们这样叫你啊，你是尼古拉的女儿？你真漂亮，让我给你一杯饮料，好让我有机会好好地看看你……"

想到这些，他牵着她拿着鞋子的手来到餐桌旁，以温柔的、优雅的狡猾接近了沙地上那充满刺激的淫乱放荡的地方。然后讨好地向她挤了挤双眼，她便羞涩地将目光移向了沙地……但是，她的双耳并未堵上，充满了嘈杂的只言片语，那些从被掀翻的凳子之间传出的轻微的呼喊正划破沉寂而出。

他递给他一杯柔和的酒，两人一起为她举杯。然后，慢慢地和她闲聊，将她引向了她在开罗的学校、她在沙漠中度过的夏日生活、她的期望和梦想。以一种孩童的纯真和几近傲慢的直爽，伊丽娅滔滔不绝地、兴奋地讲述着自己和他人。国王对自己的猎物愈发满意了，在这鲜嫩的、成熟的孩童的艳丽的面具下面，在这个小伊丽娅饰戴的面具下面，有一个尚未被发现的钢铁般坚强的女人……他决定驯服她的孤傲。

在阿拉曼、哈克迈、门台兹希等地的岸边，他已经为他的主子献上了突然的、意外发现的礼物：几百个纯洁的少女！当然，除了那些岸边，还有哈勒旺、穆格塔姆、伊斯梅利亚和金字塔下的沙漠里的亭屋……那种长久的渴慕，让她们所有的人几近驯顺，即使有点抗拒，他的主子也将那作为开胃的小菜。但是，命中注定的是，这次和伊丽娅的情况截然不同。他开始和她讲述即将在明天拂晓时进行的狩猎。伊丽娅说，她曾经和她的父亲尼古拉及安托尼贝克在这个阿勒白谷地里打过猎，他们捕获了一只小羚羊，并用自己的名字称呼它。于是，两个大人把小羚羊送给了她。可是，那只小羚羊像被惊吓了一样，不停地发抖。于是，她就在那些木房后面的德尔希布的空场的一侧，用灰色的木板给它做了一只大笼子。可没过多久，小羚羊就死了。听了这些，他告诉伊丽娅，如果她第二天去参加狩猎，他的主子——国王陛下就会把他猎获的羚羊送给她。因为在跟随国王狩猎的人当中，国王肯定会发现，只有她才配享有这只羚羊。他还向她承诺，将设法让她与国王的卫队在一起；但伊丽娅似乎并不在意，只是说父亲不会同意她去的。可是，他却向她肯定：她的父亲尼古拉最聪明、最有修养，肯定不会违背国王的意愿。

然后，他嘱咐她马上去睡觉，保持好精力。翌日拂晓，当国王的队伍准备出发时，他会去叫醒她的。

第十一章

黎明时分，安托尼贝克敲着尼古拉的屋门，告诉他国王陛下让伊丽娅陪同他去打猎。尼古拉愕然无语，一脸苍白。安托尼贝克则告诉他，让伊丽娅陪着国王，是一种关怀和荣耀。尼古拉刚刚睡了一个多小时就被叫醒了，面对这突如其来的、充满千万种禁忌的事情,他半醒半睡地、晃晃荡荡地靠在门旁……尽管对伊丽娅发出的邀请浸染着文明的色彩，尽管安托尼贝克对伊丽娅的催促充满了骄傲和激情，尽管闺房里的伊丽娅以纯朴的、无邪的和自愿的心情准备在这样的大清早去接受国王陛下的邀请；但是，却总有一种东西在尼古拉的心中收缩着、皱紧着，皱紧着、收缩着，虐待着他的意志，让他难以接受一个国王赐予的荣耀的态度去对待这件事。而且，他真不敢认为这种荣耀是充满了恐惧和怀疑的。

卫队已然在汽车前站立，国王在自己的汽车里给伊丽娅腾出了座位。伊丽娅容光焕发、灿烂无比地出现了，她仍然是一个小女孩,但是一个成熟的小女孩。穿着她经常穿的沙漠风衣，高高兴兴地从木屋的台阶上跳到了沙地上，毫不迟疑地向国王的汽车走去,并用她那纤美的手指向尼古拉爸爸挥了挥。这时，周围所有的人的脑中都已被危险充斥，唯有她的头脑没有丝毫感觉。

安托尼贝克离开了尼古拉，搓着自己的两个手掌，边走边自忖着："安托尼贝克，你的命太好了！你母亲把你生成了一个幸运儿！"

那个国王的侍从冲她挤了挤眼睛，算是问候，然后开着自己的车跟在拉着伊丽娅和国王的汽车的后面。

啊！你多么诱人啊，伊丽娅！安托尼贝克已经从刚才那人对他的掺混着淫荡的问候里读懂了：他的名字已被写进了呈递给国王的名单里了，而且他的名字前面已经加上了"帕夏"的称谓！是的，难道不是他承担了说服尼古拉的任务，让他同意女儿出行吗?

这就是他一石双鸟中的第一只鸟：安托尼帕夏。人们将要恭维地称呼他"帕夏"，这理所当然。他击中的另一只鸟，就是伊丽娅!

这令人垂涎欲滴的伊丽娅就是你这棵树上将被采摘的一颗果实，早在他踏进库房和车间的木制阳台，跟在她的身后来到沙地上时，他就这样说过。那时，他愿意一个人独处，踏过港口后面的荒凉的高地上那些互相缠绕的荆棘，来到那后来被开垦的海岸……有时，他高兴地蹦着、跳着，发散出心中的幸福;然后，蹲在沙土上，用瘦削的双膝支撑着胸部喘息。

安托尼贝克，你太幸运了！你就是个王子，你的母亲生下了你，让你成为一个幸运儿！你的上帝又把尼古拉给了你，他给了你矿，给了你海，给了你海港，又把伊丽娅带给了你。仅仅是一次旅行，伊丽娅就把“帕夏”的称谓带给了你。一次，就一次旅行！无需再多，因为我们的主子很快就会厌烦了！那么，这之后，伊丽娅就专门归你所有了……啊，伊丽娅！你是多么甜美，多么令人垂涎啊！

已经五年了，安托尼贝克垂涎着伊丽娅，善待着她。五年，整整五年！当伊丽娅还是一个不到十岁的迷人的小精灵，来到他那位于开罗花园街的古老的宅子里时，他的口水就已经开始流淌了。虽然是五年的时光，她那幼小的身体散发出的诱人的芳香仍充满他的感官，令他神魂飘荡。在那一个又一个夜晚，在她入睡之前，他总是弯身向前，为她送上父亲般的一吻。这一切，他的妻子听到了也看到了，但她又不可能读懂他的心思和想法。

一个夜晚又一个夜晚，一年又一年，在她学习的冬夜和春夜，安托尼贝克厚颜无耻地注意着这个客居在他家的女孩，一次又一次地贪婪地期盼着天使般的薄薄的睡衣下的身体发育、长成！

在那些夜晚里，安托尼贝克对他的客人小伊丽娅总是垂涎欲滴。他那位不能抓住他的心思和想法的妻子一次又一次地窥视着。随便吧！任他这位瘫痪的妻子去偷看吧！他则乘上幻想的翅膀玩抚着伊丽娅的身体，仔细地观察着这娇嫩的身体。有许多时候，他的想象把他带得更远，竟想让他调戏她……但当白昼出现，他再次审视自己的幻想时，忽然明白了，那个女子就是他认识的伊丽娅，是尼古拉的女儿，他绝对不敢玷污她的纯洁。

不止一次，他曾在光天化日之下设法满足自己对伊丽娅的垂涎……晚上，跨越为即将入睡的伊丽娅送上父亲的一吻的界限时，他那幻想都惊慌失措地逃走了，他毕竟无力跨过那条长长的沟壑：横亘在他俩之间的年龄之差和清白无辜的鸿沟！

五年了，他总是这样盘算着：安托尼贝克，当伊丽娅长到十五岁时，你可就五十岁了，那么你面前还有多少时日呢？那时，你那个未曾给你生育过、被你虐待了二十年的瘫痪的妻子，或许在伊丽娅未满十五周岁时就已经死了；或许还在，但是，这对你有什么妨碍吗？她从你这里拿取的已经足够了……剩下的则属于你了，你可以和你的朋友、你的合伙人以及你的臂膀尼古拉的女儿伊丽娅结婚了。只要伊丽娅过了十五周岁，你就可以恳求他把伊丽娅嫁给你。

另一个五年，也许是七年，你将和伊丽娅共同生活，安托尼贝克。然后，你六七十岁了，她也有二十五岁了，她可以在你生命结束之后重新开始，这又有什么关系呢！对你来说，七年的享受还不够吗？

在潮湿的沙地上，他手舞足蹈地走着，一只脚滑落进岸边的水中。一个大浪冲击了他穿着鞋的小腿，弄湿了他的裤子和袜子，更为他的高兴劲增加了欢快……啊！安托尼贝克，你太幸运了。你母亲生下你，使你成为一个幸运儿，上帝又把尼古拉送给了你，尼古拉又把伊丽娅送给了你。

啊！你这个幸福的安托尼贝克一石两鸟，正因为你参与了伊丽娅与国王同行的计划，所以你就得到了“帕夏”的称谓；与此同时，又是国王陛下击碎了你欲得到她的年轻的和清白无辜的屏障！

你绝对不需向你的臂膀、你的朋友尼古拉乞求什么了；届时，也许该轮到他向你乞求了。

这位贝克在沙地上跑着，一路上，拾起闪亮的、湿漉漉的贝壳。每当他趴在那些小东西的旁边时，贝壳就一动不动了；他一停手不动，贝壳又开始爬动了……他让自己那明显枯瘦的身体跳跃着，但那跳跃的姿势实在太拙劣……不停地摆动着，仿佛要甩掉他的老成和矜持……然后，气喘吁吁地再来一次……当他看到工人们从车间里走出，在工长哈夫纳威的带领下把剩下矿石装好时，他终于把自己调整好，重新又装出他一贯的冰冷，以鼓励的口吻向他们打着招呼，暗自高兴地向他自己房间的楼梯上走去。

快到中午时，有人来敲门，安托尼贝克才被叫醒。他勉强地起了床，看到哈夫纳威正急急忙忙地来找他。哈夫纳威带着他来到了尼古拉的房间，推开门，只见尼古拉的脑袋耷拉在床边，一串串的汗珠不断地滴在他的下巴和两耳上！

那时，安托尼贝克已经离开了，尼古拉独自一人在房间的梯子上，翻腾的胃已经要堵住他的嗓子眼了，两个膝盖不停地颤抖着……在那被悬挂在海面上的血色黎明铺满的门槛上，他觉得体内有什么东西正在把他拉向崩溃。在那被露水湿润的沙土地上，还保留着伊丽娅蹦蹦跳跳地走向国王的汽车的两只小脚丫的足迹。

他把头靠在梯子的扶手上，开始了呕吐，刚把胃里的东西倒光，眩晕立刻又向他袭来。于是，他用墙壁支撑着自己，踉踉跄跄地走到了床边，便一头倒在了上面。

昨天，他整夜给自己灌着酒；现在，酒精把他拉进了昏迷。可是，他为什么像一个自信能够进入灵异世界、与精灵沟通的苦行僧一样发抖呢？

尼古拉继续在木屋里沿着墙壁爬着，撞倒了架子和凳子，终于找到了衣柜，从中取出了两床被子，加在已盖在身上的被子上……于是，重新陷入昏迷之中。

他看到自己和父亲都赤身裸体地在一个土耳其澡堂里，灌满热水的大池子俨然是一个巨大的银制容器，架在看不见的地狱之火上。里面的水沸腾了，水汽蒸腾，愈发浓重，一股又一股地交织缠绕在一起。结果，他的父亲一丝不挂地出生了，他也是一丝不挂地出生了。他在这座土耳其浴室里看到的所有的女人、男人和孩子都出生了……制造出了身披浓重的蒸汽的裸体之间的亲密的混合与交媾……这蒸汽既模糊了他们的裸体，也为其染上了一层暧昧与神秘。他觉得自己轻飘飘的，犹如被这幻化成云的浓重的水蒸气托起的一个泡沫。然后，那镶嵌着纯净的大理石的浴室的墙壁消失了，任那些云在无穷无尽的苍穹里漂移。尼古拉觉得，自己也在飞翔，飞越了知觉亦无法数清的地方，直到那块承载着裸体的云降落在一座大山的上面，而土耳其浴室里的汗液和水仍从他那胶质的身体上滴落着。

那时正值春天，鲜花盛开的山峦俯瞰着大海。一条无法估计其宽度的谷地绵延在坡地上，骆驼遍地。这些骆驼亦是赤身裸体的，没有任何饰物，也无鞍具，有奶白色的、苦瓜花般的黄色的、发红的棕色的。在金灿灿的沙地上，这些颜色竟是如此纯净。更令人惊奇的是，它们的脖颈，长长的脖颈，伸展着、晃动着，用那些小脑袋相互调情、挑逗。每一个脖颈都与另一个脖颈缠绕着，然后，紧紧地贴在一起耳鬓厮磨着、互相吸引着，仿佛彼此都在为对方按摩着脖颈，每个脖颈上的小头都在向对方倾泻着情感和热切……他看见了伊萨，他正为自己介绍着各种各样的良种骆驼……每到春季，人们又是如何将这些骆驼放开，让它们身无赘物、赤身裸体地在海边的沙地上享受自由、互相认识、互相吸引、交颈示爱，让每一只雄性骆驼都从它的母驼那里获得满足……

也许，一只骆驼与它的母亲交配，也许有的骆驼享受了属于它亲兄弟的母驼！

后来，尼古拉看见自己身着古老的亚述王的盛装，离开了云朵将其降落在那里的山顶，趾高气扬地彰显着国王的尊威，在王国要员们的拥簇之下欢庆种植与生育之神的季节的开始。

在欢庆的人们中间，有一个老妪悄悄地走到他身边，跟他谈起了一位与他的女儿同龄的姑娘，描述着她的清纯、鲜嫩和艳美。而且添油加醋地说，过节这十天，王后将远离您的床榻。那么，又有什么阻挡我把这个小东西，这个爱您爱得如痴如醉、死去活来的小东西带到您的床上？

尼古拉看见幽冥中的国王正舔着那已经充满全身的情欲，这个几乎走进老年的男子怎么会恋上了一个与他女儿年龄相仿的女孩呢？他看见自己，变成了国王的自己，置身于尽是温情的红色绸缎的帐篷内。一位蒙面的仙女隐藏在红色的丝绸之间，用她欢喜热切的手指剥掉了他的衣服，再把他放到她奉献的翅膀上。于是，他闭上双眼、神魂颠倒、心荡神迷，痴醉地把自己全部交给了她；她亦毫无保留地将自己奉献给了他，直至两人销魂地合二为一，欲火熊熊燃起，奇妙的幽冥般的精神把他俩控制了。

哈夫纳威说，直到他们把矿石都运到驳船上时，都没有看见尼古拉，这可有点不正常。待驳船准备出发时，尼古拉还未出现。于是，他走到他住的地方想把他叫醒，不停地摇晃着他的头。可是，那头却随着他手的摇动而动，眼皮则一动不动，也没有呼吸从胸腔里送出……听了这些话后，安托尼贝克走近尼古拉，试试他的鼻息，然后放心了。哈夫纳威也放下了心，两人一起调整了他的睡姿，只见汗水仍不断地从他的身体上流淌下来，可那身体却十分冰凉。

安托尼贝克狡猾地嘟囔着说，他以前认为意大利人最放纵了；看来，尼古拉确实是个高加索人，肯定是他女儿与国王的出行令他彻夜不眠……想到这里，他把尼古拉身边的被子整了整，然后对哈夫纳威说，前两天尼古拉累坏了，昨天又彻夜未眠，直到天明。所以他建议马上离开，让尼古拉睡去吧。

走出房间，他俩把身后的门关上，让那个恍惚在幽冥世界中的尼古拉任他的女儿用欢喜热切的手指剥掉他的国王衣服，与他缠绵，与他交欢。

第十二章

没有预料，亦没有期盼，伊丽娅走进了禁戒的世界。她孩童般的灵魂没有机会期待和预想，甚至学校里比她年龄大的女生们制造的情窦初开的世界都只是看到了她淡然的中立态度。从来没有一天，那里有什么东西引起过她的迷恋，而真正迷住她的是学习结束了，她便能实现她的女同学们所不能之事——跨出学园，飞出位于花园街的安托尼贝克叔叔的宅子，跨越这一切，穿过首都，奔向沙漠，奔向德尔希布。尼古拉爸爸就住在那里！在那里，她那孩童般的身体，她那天真无邪的灵魂得以解放，俨然是一棵十分纯洁的、十分鲜嫩的小树，在那广阔的沙漠里，在那玲珑剔透的海水旁边，在那粗犷的岩石中间无羁地奔跑。

在客人面前，伊丽娅无比自豪。她童年时就已经了解沙漠，并闯入其中。就是在这样的环境里，她从自己的钟情和热爱之地一步步地滑进了禁忌的世界。当国王陛下的手掌向她伸出，轻扯着她的面颊问她叫什么、多大年纪时，她并未感到丝毫的危险。

伊丽娅并没有理会身边这个被称作国王的男人，她的注意力集中在笼罩着这辆她与他同来的汽车的辉煌与威严里。她觉得这种辉煌与威严是属于她的。

从她的想象中洋溢出的痴醉环拥着她。整个旅途中，国王对她显示出的柔情蜜意和关怀滋养着她的幻觉，使她沉迷其中……她没觉得旅途艰辛，也未觉得时间很长。到了阿勒白谷地时，卫兵掀去了遮挡着他俩乘坐的汽车的皮罩。她站在国王身边，看他开始开着汽车追逐羚羊，浑身充满了始终助长着她的无辜的孩童般的傲慢，俨然是一位真正的俯视着子民的王后，就如她在那些彩色的杂志和图书里所看到的一样。

她沉醉着，甚至在狩猎后的几个小时里，在那危险的关键时刻到来之前，她的好心情都未改变。当时，国王用他肥胖的胳膊挽住她的纤纤细腰，将她带进了他个人专用的帐篷里。帐篷周围布满了卫兵，而她仍然沉浸在她的幻境里。于是，她以一种王后应有的优雅顺从了那只国王的胳膊，挺胸昂首地走进了帐篷，向稍远处佯装忙于准备杯盏和食物的侍从们稍稍地点了点头。

她完全被这次旅行迷住了，被环绕在她周围的宫廷侍从的气质迷住了，被国王对她的关切与重视迷住了，她也被所有的人为她一次又一次地啜饮的美酒迷住了。

卫兵们放开喉咙，用他们整齐有序的兵器向走来的国王和她致敬，用他们穿着蓝白相间的礼服和布满彩色佩饰的身躯，在帐篷和侍者们之间筑起了一道屏障。当国王陛下用他那肥厚的双臂把她从帐篷门口抱到了帐篷中部的柔软的床上，并用双唇亲吻着她那被激情燃烧的面颊时，她才意识到自己所面临的被禁止的事情。于是，她的头脑迅速转动着，以驱赶内心的恐惧。

从一开始，他们就为她营造了王后才能享受的氛围，让她天真无邪地置身其中。现在，她应该明白了，那是一种期盼、幻觉，正在帮助她让她用鲜嫩的身体去做一件它尚无准备的工作！

她只有大叫、呼喊，做着一个孩子能做的一切。但是，在那帐篷外面，没有一个人会对她的呼叫做出回应。或者，她只能鼓起最大的力气和能量，把她那想象中的角色饰演到最后，就像那位他们为她臆造的王后一样，接受这应面对的事实。就这样，小伊丽娅坚持着他从尼古拉抑或从母亲伊丽娅那里继承下来的反抗，将记忆推到了她在学校里对情窦初开的世界所持的无动于衷的态度……推到了伊格巴勒・哈妮姆对阿卜杜拉白・凯尔亚布和那头水兽的婚礼的评论……她甚至记起了她在艾布舍尔身边看到的那次荒诞的媾和，阿卜杜拉白・凯尔亚布和那条他明知道已经死了的海兽之间的媾和……她开始把自己纤小的身体和国王陛下那肥硕的身躯进行了比较；当国王脱光他那国王的华服时，她竟然把他那体毛浓重的身体和那条海兽的身体进行了比较。

她以罕见的勇敢表演着自己的角色，国王竟在一个相似的场合，在当着忠诚于他的人面前赞扬了她之后光顾了她……疼痛突然袭来，各种景象在她头脑里交汇混乱，她用牙齿紧紧地咬住自己衣服的边缘……但是，疼痛仍在继续，并不断加剧，直到使她失去了知觉。

伊丽娅不知道自己昏迷了多久。当她清醒过来时，发现自己被扔在帐篷中间的床上，坐在她身旁的国王吸着一支气味难闻的香烟，用双眼看着她那没有任何遮盖的裸体。那个侍从就站在他俩的脚边,认真地和国王谈着什么。国王是在她昏睡时，把这个侍从叫进帐篷来的……她的心紧缩起了,想把双脚并拢，可是疼痛又一次袭来……她蜷缩起身子，任滚烫的泪水从双眼中流淌。这时，那个侍从从兜里掏出了一条白金项链，中间镶有一颗玛瑙，小心翼翼地用手指挑着，走到伊丽娅的身边。他刚贴近伊丽娅的脸，她就像一只野猫一样纵身跃起，用她的手指甲狠狠地抓着他的脸，剥去他那皮笑肉不笑的模样，让一条条深红的血印取代了那些笑纹。侍者用一对手掌紧紧地捂着他的脸并惊恐地后退着，国王则爆出了哈哈的大笑声。

她跳着站起身来，艰难地忍着泪水，机械地穿上衣服。然后，用两只满溢憎恶的眼睛注视着国王，让他下令把她送回到父亲那里。国王的大笑戛然停住，转而教训那位侍从，就是他用那条低劣的项链惹恼了伊丽娅，并要求离开的。同时，他命令侍从安排卫队里的一名军官备好汽车，立即将她送回。

汽车开进港口时，伊丽娅向车外看了看，真希望那里空无一人，好让她能悄悄地爬回自己的床。但是，仅仅一瞥，她的希望就破灭了，她不得不在众目睽睽之下，在那些紧紧地盯着她那苍白憔悴的面庞和疲软无力的双腿的目光之中，带看她的疲惫和愁苦下了汽车。她无法辨识，只认出了安托尼贝克——她在首都上学时，每逢冬季就变成他的父亲的安托尼贝克。于是，一丝安心走进了她的心，任自己的泪水重又聚集，从她发热的双眼中迸涌而出。送她回来的军官彬彬有礼，说伊丽娅小姐突染微恙，不得不中断旅行返回。安托尼贝克用眼色向他表达了感谢，从他那里把伊丽娅接了过来，就没再向她询问什么。看来，他已经明白发生了什么，也为她找到了原因，这使伊丽娅安下心来。

她拖着十分疲倦的双腿举步蹒跚，仿佛每挪动一步都会给她带来疼痛。安托尼贝克张开双臂，将她拥在怀里，把她送到了房间里她父亲床边的另一张床上。当客人们来到时，伊丽娅就把自己的房间腾了出来，暂时住到了父亲的房间里。安托尼贝克把她抱上了床并帮助她躺下，而他的那颗心充满了激动和欲望，急促地搏动着。他向旁边床上仍然在昏迷中沉睡的尼古拉看了一眼，稍停片刻后，对自己说：现在，机会已经完完整整地到来了……尼古拉将会醒来，伊丽娅的状况将使他大吃一惊。这种突然将扰乱他的一切，使他不能对国王陛下的权力表示出自己的不满和愤怒。这种无助将使他身披无尽的耻辱；那么你，安托尼贝克！应该以侠胆仗义潜入这种羞愧拯救你的朋友，为你自己攫取伊丽娅未来的生命！

他那一对狡诈的目光在两床之间游移，那上面分别躺着令人垂涎的女儿和那位是他的朋友与合伙人的父亲。在那疼痛的旅行之后，这舒适的地方让伊丽娅完全放下心来，她沉入了睡眠。

尼古拉醒了过来，看见伊丽娅就在自己旁边的床上，被强奸的她精疲力竭地被扔在床上。

他完全清醒了，头痛得要命。然后，他感到整个身体正在碎裂，碎裂中掺和了某种沉醉的柔软和快乐。他掀起被子，看见大量的汗水不仅打湿了他的被子，也把他所有的衣服都浸湿了，昏迷时身体分泌出的情欲的气味从被子下面冲进他的鼻孔。于是，他和自己的女儿做爱的影像如一道亮光立即出现在他的头脑里。他战栗了，鸡皮疙瘩覆盖了全身。因为就在那一刻，他看到了他那被强奸的女儿就在他旁边的床上，他没有机会逃避了。那个拥塞在心里的梦还是热的，一个个细节接连不断地回到了他已经清醒的意识里，他感到那在他身体上滑动的伊丽娅的手指依然热切，正在剥掉他的衣服、抚摸着他。他的心又一次惊恐，又毛骨悚然起来，发生的事情使他陷入了恐惧……他掀掉被子从床上跳起，俯身站在伊丽娅的床前，眼睛一眨不眨地盯着，想弄清虚幻和真实。那虚幻是滚烫的、翻腾着的，因为他是在醉酒的情况下进入了虚幻，在他无法抗拒的意愿的权力前产生的无能、无为的感觉的压迫下，气馁灰心地进入虚幻的。那时，他的内心已做好了准备，从那种无能、无为中逃走。于是，经历了以前曾和父亲一起进入土耳其浴室的场面，以求清白。清白把他送上了浓重的雾气构成的云朵，飞到了干干净净、一望无垠的沙漠。在那里，时空在他头脑里交混，占有伊丽娅的内心浮现了出来……伊丽娅，永恒的女人。她既非他的母亲，又非他的妻子，也不是他的女儿……她消融在臆想之中，于是臆想变成了真实，现实坠落了，并在他昏迷不醒的那段时间里迷失了……他惊诧地站在她女儿伊丽娅的床前，注视着她那被扔在床上的疲惫苍白的身体，一种感觉占据了他：是他强奸了她！

突然，他用宽大的手掌捂住脸，不知所措地转过身，奔跑着离开了房间，并不时恐惧地回头张望。转身时跌倒在了楼梯上，只好挣扎着爬了起来，他蹿着、跑着，奔向了大海，并立即跳了进去。

这种情景并不陌生，所有的人都见过尼古拉从房间里跑出，奔向大海边，投入大海的怀抱。不过，这次他可是穿着长裤和衬衫跳进大海的。当时正值日落之前，艾布舍尔正坐在港口里停船用的木桩那里，把钓竿伸向海里，等待着白色的、个头适中的鱼上钩。因为在靠近岸边的温暖的水里，这种白鱼总是在追逐着那些小鱼。

他十分奇怪，扔下那些鱼钩，站起身来察看，认为尼古拉睡了一天之后是想跳进海里冲掉他的汗渍和清洗他的衣服。可是，他看到了尼古拉在拼命游着，进入了那些危险的禁区。那里，鲨鱼正在它们大海深处的家门口嬉戏。于是，他大声呼叫起来，让尼古拉小心。他的呼喊引来了奥希克大叔和车间里的人。那时，安托尼贝克正和他的客人们忙碌着，把他们的行李物品弄到从霍尔格达来的游艇上,然后客人们将乘着游艇返回。当他听到艾布舍尔的喊叫时，急忙跑到码头上的木桩前，用目光搜寻着艾布舍尔所指的地方。于是，他看到尼古拉坚持不懈地游着，抗拒着浸满海水的衣服的沉重，迅速地向那个危险的禁区游去。那里的水下有一座大山，凶猛的鲨鱼在山洞里生活嬉戏。安托尼贝克愣了片刻，各种影像在头脑里聚集。令他吃惊不解的是，在国王拿取了他女儿的贞洁之后，他竟去自杀！因为据他所知，国王已经拿取了很多人的女儿的贞操，这为他们增添了知足和幸福，他们也因此而获得了荣耀。

他想，就任凭命运把尼古拉驱赶向死亡，让伊丽娅变成孤单一人，让他变成她唯一的庇护者吧！可是，他的意愿违背了他，使他注意到了艾布舍尔那急切的呼喊。艾布舍尔正向岸边狂奔而去，阿卜杜拉白·凯尔亚布的小船一半留在水里摇摇晃晃，他挪开抓鱼用的矛枪，再次把船推下水，迅速地靠近了车间工人们划着的两只小船。此时此刻，岸上的人们，一边注视着固执地游向危险的尼古拉,一边催促着小船上的人们。可是，无论人们怎样喊叫，尼古拉都不理睬任何对他的呼唤，继续游着——刚毅而冷酷无情地游着。

在那晦气的一天，那几只小船终于追上了尼古拉，将他围住，每条小船各守一方。人们把手伸入大海，想把他拽起来，但他却挣扎着。人们刚把他抓住，他又设法逃脱了……他沉浸在水里，闭上双眼，用尽双臂之力拍击着海水，击打着人们伸过来的胳膊。仿佛在他的体内，一种命运正把他向广阔无边的大海驱赶,让他带着背负着沉重罪孽的灵魂一起在大海里溶解。

一个长形的、弯曲的绿色的点出现在水面下，人们叫喊着提醒鲨鱼来了，并用他们的矛抢把尼古拉围了起来，阻止这个猛兽靠近他。那鲨鱼自由自在并十分狡猾，它离开自己住的水洞来寻觅食物，或是出来游玩。但是，它的感觉让它注意到了附近水中那个游动的、晃动的身体。于是，它先拱起身来；然后以猎手的热切冲向尼古拉——这个已经许给了他的猎物。那些刺中它黏滑的皮肤、使它流血的矛枪并未熄灭它那兽性的热情，那些矛枪的伤害不过是轻轻地抓挠……它逃走了，身后拖着一条暗红色的血线。然后，扭转身来，向尼古拉发起了新的攻击。刚接近他，矛枪又来阻挡……一条条的血线刺激了其他的鲨鱼，于是，全都跟在它们受伤的伙伴后面，积极行动。两只小船上的人们已经看到了鲨鱼的发绿、发蓝的身体在透明的水下弯曲着，接近了。于是，急忙把船上的绳索抛进水里。两只船通力合作，将绳子牢牢地拴在依然奋力前游、企图挣脱他们的尼古拉的身体上，并将他绑牢。然后，一起拽着绳子，让尼古拉贴在了船帮上，再拽他的双肩和双臂将他拉到了船上。这时，艾布舍尔瞥见那条受伤的鲨鱼用绝望的力量冲到了尼古拉的背后，张开了野蛮的大嘴。他急忙把自己的矛枪投向了鲨鱼的颈部，矛深深地扎了进去。那张咬着尼古拉裤子和背部的大嘴松开了，鲜血从那背上涌出……鲨鱼则带着那支深深扎进它身体的矛枪游开了，走向它的死亡。

尼古拉深深的伤口把大家吓坏了，他们这个地方唯一的一所医院在霍尔格达。于是，客人们决定迅速离开，以便把尼古拉带上；安托尼贝克则留在港口处理相关的工作，然后再去追赶他们。

这件事把阴影投向了那些工人和阿巴比代人，他们聚集在空空的油桶旁或车间的空地上，不停地分析着促使他们所熟悉的、庄重的、坚强的尼古拉执意地、疯狂地游向他自己了解的鲨鱼区的原因。结果，大家一致认为：极度的悲伤使他精神错乱，因为国王夺走了他女儿伊丽娅的贞操。听到这些，安托尼贝克用呵斥制止了他们，并让他们散开了；同时命令在码头上无事可做的人立即回德尔希布，继续在矿井里干活。

之后，安托尼贝克跟水生物站联系，告诉他们说国王陛下捕获了一条雌性海牛（大海新娘），他们应该把它弄走。于是，一条配有装备的小船来了。上面的人从船上下来，走到岸边，围着那条死海兽看，一会把它挪到这里，一会又把它弄到那里。终于，把它弄到船上带走了。安托尼贝克一直是跟着它的，同时想象着这个海兽陈列在生物博物馆中间的样子——它的尾巴贴了一个金色的标牌，上面注明：是国王陛下捕获了它，它属何种动物，以及捕获它的日期。

这是安托尼贝克为国王陛下做的又一个工作，国王肯定会注意到这件事的。

他转身向木屋走去，去看看伊丽娅！

第十三章

尼古拉的伤口愈合了，绷带已经去掉了，能够从他的病房里走到俯瞰漫漫黄沙和木屋旁的那些五颜六色的小木屋的阳台上了。他坐在一个摇椅上，默默地凝视着天际的空旷，吝啬其语，自我闭锁。安托尼贝克嘱咐他要宽心，建议他去旅行，去开罗，去亚历山大；或者，大家一起去意大利……真的，去意大利，你看怎么样，尼古拉！我、你、伊丽娅和伊格巴勒·哈尼姆，如果你愿意和我们一起去，咱们去意大利待上两星期。

安托尼贝克这样想：这是征得大伊丽娅同意的好机会，那个不在这里、他总听说过、却未曾谋面的尼古拉的妻子大伊丽娅。

但是，无论是在亚历山大，还是在开罗，甚至意大利，都没有什么让尼古拉喜欢的。因此，对旅行的主意未予回应。无论走到哪里，你背负的内心的东西都将随你而行。那么，旅行又有什么裨益呢？

他带着自我封闭回到了沙漠。伊格巴勒·哈尼姆认为，就凭她的能力，只要她去德希尔布待上那么几天，肯定能让他走出目前的状况。但是，她的想法破灭了，她的诱惑无力了，尽管她的样子是那样怪异、吸人眼球……她一身夕阳，从矿中天井周围的木屋里走出。一件宽大的浴袍懒散地搭在身上，任她那白里透红的胸脯和象牙白的双肩在黑色的岩石间暴露着。一层又一层翻卷着的头发间,装饰着镶嵌着珍珠的发卡和小梳子，闪亮的皓齿间噘着一支长的金色的烟嘴，那描画了的两只眼睛目无一切地转动着……此时，这些当劳工的贝都因人正设法拂去他们蓬乱的头发和胡须浓重的面孔上的滑石粉尘，几个一起或单个地在岩石间点上火，烤制大饼或把大麦与豆、菜混合一起做晚餐。顿觉眼前的这幅景色太怪异了，真是前所未见。

她先睡了午觉，醒来之后，在她那张能俯瞰沙漠的床上喝了茶，和伊丽娅谈论点有关下午安排的话题，装模作样地帮着伊丽娅准备晚餐……不久，她走出房间，去找寻尼古拉，向他展示厚颜无耻的风骚。

她没有意识到，她这种淫荡的努力燃旺了他内心的感觉，使他更加强烈地感到了惩罚的沉重和残忍。

大家都认为他已经死里逃生，让沙漠重展出建设的欢颜，使生活充满快乐。因为在过去的漫长的岁月里，他都是那样做的;但是,任何人都不曾知道,他们了解的尼古拉已经死去了!

原来的尼古拉沉入了那一天，酒精让他趴在了木屋的扶手上倾尽了胃里的一切。

之后是整整两天的高烧昏睡。

聚会、客人、狩猎、国王，还有安托尼贝克，都从他的脑海里消失了，还有痛苦的和引起痛苦的一切。在梦里，他经历着从未知晓的豪华，享受着心旷神怡的神话般的快乐，这种豪华与快乐粉碎了在不同的历史阶段建设着他的社会的人类所设置的道德禁区的阻碍。在梦里，尼古拉融化了;从梦境走出时，已然是一块崭新的合成金属，执着着他在梦里所经历的和目睹的一切。

伊丽娅已经变成了他的罪孽和对他的惩罚，并非他从前所说的：是他的天堂和对他的奖赏。

在医院里，当他在疼痛中睁开双眼时，他的头脑无法进行思考，是房间里的医生、护士和探视的人使他醒了过来。虽然清醒了，他却仍处在幽冥之中……他直直地盯着周围的人，两眼凹陷。可实际上，除了充盈在他那特别的头脑中的一切，他一无所见；对他心理之外的任何一切，均熟视无睹。

医生对他说："尼古拉，你可以继续活着了！你的伤口将愈合，你将生活下去。但是，它将给你留下后遗症，使你的性能力受到影响。"

尼古拉未显示出不安，也未曾吃惊。他以某种疑惑接受了事实。

可能有一条看不见的线将尼古拉和遥远的过去连接在一起，将他与庄严的宗教信仰的土壤连接在一起，他认为这是上天降下的对他的惩罚。

在他看来，这惩罚十分自然。

他冒犯人伦常理，与自己的女儿做爱，所以性功能被剥夺了！

古代的努比亚人生活在古实的土地上，古实酋长统治的东南沙漠从埃及延伸向苏丹，直到喀土穆。

当先知摩西想把一条蛇放在帐篷门口时，就从古实土地上叫来了一个人，让他用青铜造了一条蛇。青铜是一种合成金属。由此可以断定，古实人具有冶炼金属和合成金属的丰富经验。那么你——尼古拉，怎么能到这里来教他们开矿和冶炼呢？

你，唯有你——绝对的孤独，被残酷的、陌生的环境环绕，正如同能够塑造最善良的形象一样，你也能够塑造最恐怖的丑恶……神用地上的泥土造人，将生命之气吹在的他鼻孔里，他就成了有灵魂的活人，名叫亚当。神在东方的伊甸园建立了一个园子……神让各样的树从地里长出来，可以悦人的眼目，也让其上的果子作食物。园子当中又有生命树和分别善恶的树。有河从伊甸园里流出来滋润那园子，并从那里分为四道：第一道名叫比逊；第二道名叫基训，就是环绕古实全地的……尼古拉，这些都是写在旧约的《创世记》里的，你还能记住。

园子里的那条环绕着古实土地的河流从东向西流淌着，这没什么奇怪。直至今天，它流经的痕迹仍清晰地存留在你知道的所有的岩石之间和沙漠的海岸边的谷地里。尼古拉，在那旷古的时代，男人可以娶他的姐妹和母亲，类似的事情发生了几百万次。但是，圣山并未因其而震动，大地也并未因其而塌陷。但是，从那时到现在，几千年过去了，你肯定已经学习了什么是道德，什么是不道德的。那位古代的年轻的国王就因为娶了自己的母亲而被剜去了双眼。

生与死是被禁止提问的问题……最基本的义务是不可逃脱的工作，除此之外，不存在任何问题！

他坐在天井的一侧，看着工人们从矿井口上来、下去，把滑石原料运到后面的一块圆形的地方存放，而他面前则是一块黑红两色的棋盘。正当他移动着象和骑士的棋子从内心里逃出来时，伊格巴勒·哈尼姆来了，在他周围转来转去，时不时地向他俯下身去，把她一对颤动的乳房和一杯茶或是咖啡与几块饼干放在他的眼前，设法以不让他讨厌的方式引诱他。可她并不知道，或不能想象，这个她曾经品味过的、了解了的强壮的身体已经变得无知无觉、永远没有感知了……尼古拉，你唯一的义务就是工作，这就是对那些去了又来、在你那无法集中的疲惫不堪的头脑里荡来荡去的思想的回答。

是时候了，我们应该立即把这山从里边纵向劈开，直到外面的矿井口，以扩大原有的通风井，再将它改建，为矿井内提供更多的新鲜的空气。工人们便能拓宽第三层的巷口和走道，那里的岩石之间的蜡状原料更多、含量更大。当一块巨大的矿石坠落，又被迅速地运走时，它激起的粉尘刚刚落定；另一块巨大的矿石便会出现在岩壁上。

尼古拉用画图和尺寸把自己遗忘了，直到做完了矿井的最后设计图，然后立即开始在山上的岩石中间照图施工。

伊丽娅感觉到了怀孕的征兆，慌乱不已。

尼古拉天天守在那竖井的周围，监督着工人按他的设计施工，使那洪流和雨水不能从山顶上的最后一道井口流进，并保证新鲜空气畅通无阻。工作麻痹了他忧虑的神经、吸吮着他内心的折磨，只有当夜幕降临天井、黑暗淹没了所有人的面孔时，他才从矿井里出来。也许那夜色可以把尼古拉遮盖住，让他那因深重罪孽和残酷惩罚而抽动扭曲的内心不会被别人看见。同时，伊丽娅也无法接近他的内心，向他倾诉自己的苦愁……毫无办法，除了安托尼贝克，那个热切地渴望得到她、围着她团团转的安托尼贝克，她无人可倾诉。于是，她对他说她怀孕了。但是，令她吃惊的是，他欣喜不已，让她不要把事情放在心上，反而用此事诱惑她！

不言而喻，那颗种子就是在那个沮丧之日，在色欲疯狂的国王陛下的帐篷里种下的，现在已经结出了果实。仿佛那些悲伤的事件已经留在了骨肉上，血液在其中流动，并用两只脚走进她的生命之中，提醒着她要记住她的耻辱和卑微。

安托尼贝克确定，这就是他的机会，从未生育过孩子的他将会有一个随他的姓的孩子。无数的医药都失败了，未能让他这棵不育的树结出果实。他不必去想什么耻辱和嘴脸，他的妻子是美丽的伊丽娅——可爱的、令人垂涎欲滴的伊丽娅。只要他希望，他善待，伊丽娅就会给他生个孩子，从一个国王的身体里获取的一个带有国王特质的孩子！

他认为，这一切都要求他迅速结婚，并使这次分娩比他原来期盼的时间能来得更早一些！

可怜的伊丽娅！

她独自一人，在那充满了各种相互碰撞的利益、罪恶的欲望和未曾预料到的耗尽精力的事件的生活的大海里。

她透过房间里敞开的窗子凝视着无垠的沙漠，思考着塞进了她未满十六岁的头脑里的纷至沓来的事实……

她的母亲，大伊丽娅的情况能和她相比吗？她还在意大利，经营着那间建造在海边岩石上的被人工栽种的树木的绿荫遮蔽的咖啡馆。

她的父亲尼古拉能和她相比吗？他遗忘了一切，恍惚无神，即使是那些清醒的时刻，他也总是惊慌失措地盯着他周围的人。他谁也不认识了，也没有一个人能猜出，在他那渐渐染上白色的头发里，进行着什么样的格斗与厮杀。

那将他的内心紧紧包裹起来的是一种什么样的恐惧，使他如此突然地变得老弱。他头发雪白了，俨然是一个百岁老人了。

她知道，尼古拉爸爸对她的爱比她所感觉到的、看到的爱强烈若干倍。他总是说，她就是他的天堂，是他得到的赏赐，是他得到的奖励，她胜过她的母亲大伊丽娅对他的给予。他也深爱着大伊丽娅；但是，由于理念差异，他俩失去了和谐，分开了……他说，小伊丽娅就是大伊丽娅，她是对那失去的和谐的补偿，是给他的报酬。

她深知尼古拉爸爸有多么爱她，是多么因她而骄傲和自豪。莫非是发生在她和国王之间的事情给他留下了深重的伤，使他失去了思考和控制的能力，并心甘情愿地将自己投入危险中吗？……当她独自一人思索自己的状况时，确实感到了某种罪愆，因为是她以某种形式伤害了她的父亲。现在，她又怀孕了，对父亲来说，这可是火上浇油！

伊格巴勒·哈尼姆抓到了那根线，并开始将它拧成了看不见的绳子，绕住伊丽娅的身体，把她带回了痴迷于伊丽娅的安托尼贝克的双臂之间。

她先跟伊丽娅讲了关于结婚的想法，对这毫无准备的突然，她没有接受。但是，伊格巴勒·哈尼姆设法说服了她，说这种解决办法就是一个屏障。用沉默和遗忘屏蔽所发生的事情，在社会的胸前打开一扇新的橱窗，人们将从中看待她，而丢弃那个只能看见她是那个事件的牺牲品的橱窗。

当伊丽娅被说服时，她又说到了安托尼贝克：据她估计，不会超过一个月，他就要变成帕夏了。

“伊丽娅，相信我的话吧！”

除此之外，尼古拉爸爸还在沙漠中心的那座山里为他创造了巨大的财富。除了这沙漠中的财富外，安托尼贝克还有位于开罗和开罗市郊的两座工厂。

三分之一的财富属于尼古拉，另有三分之一属于白哈·哈吉，还有三分之一属于安托尼贝克。如果你嫁给他，伊丽娅，两个三分之一的财富就合并成三分之二了。

你现在还小，不知道金钱的价值。但是，我敢向你保证，金钱能创造一切。如果你拥有它，就拥有了全部生活……而且，你将控制人们始终盯着你的眼球，结果是：你将影响他们，影响他们的头脑和思想。

那些天，安托尼贝克的礼物不断被送到她身边，还给她租了一个豪华的游艇，带着她去珊瑚礁钓各种颜色的鱼当作消遣……他还从一个他在开罗认识的人那里买了一大堆笑话书，亲自讲给她听，欢娱她的心，让她忘记忧愁。

伊格巴勒·哈尼姆还对她说，就算他比你大，那又有什么关系呢？即使他是个老头，或是行将就木之人，那又怎么样？年龄是你的财产，你往后的时光还很漫长……财富又将属于你……到那时候，你可以随心所欲地重新开始……重新开始恋爱，再结一次婚……你将是个自由人。

相信我的话吧，没错！咱们周围只有他最合适了！

太可怜了，小小的伊丽娅！

孤独一个人，漂游在欲望和野心的大海中。

面对所面临的一切，她太小了。

她知道，自己的决定将决定她的命运，可她怎样做出决定呢？

尼古拉爸爸教育她要坚强，做事要坚定。

但是，现在，她的爸爸在哪里呢？

爸爸曾对她说过，他的缺点是感情脆弱、优柔寡断，但愿她能弥补他的不足。

他还对她说：伊丽娅，当我变得软弱、我的缺点把我拖进失败时，你一定要坚强，我要依靠你的。

可是，这位老练的女士正在教导她，说财富就是力量。那么，你只能告诉伊格巴勒·哈尼姆，说你同意了。

第十四章

安托尼贝克买了两只箱子，装满了礼品、衣服，还给矿上买了罐头和饮料，一并装上了从苏伊士开往布拉尼斯的驳船；而他自己则乘火车去了伊得福，去了白哈·哈吉的家，两个人一起坐到晚饭时分。在房间里只剩下几个白哈·哈吉的人在远离他们俩的地方吃着椰枣、喝着水或咖啡时，安托尼贝克把身子歪向他，问他可认识上埃及地区有威望的长老，请他把自己的名字从安托尼贝克改成阿卜杜拉……他悄声悄语地讲述了事情的原委，说他想把妻子休了，但是他所属的教派是不允许离婚的。所以，他必须皈依一个允许离婚的宗教，使他能够摆脱他的老婆并娶伊丽娅。

听到安托尼贝克想皈依自己信仰的宗教，白哈·哈吉很开心，认为那是一种亲情和友善，将使他们的矿更富有，将聚集更多的财富。

晚饭后，他俩都没有休息，立即离开了家。白哈·哈吉的随从人员在前面提着煤气灯，照亮了伊德福的铁道和那些城边的狭窄的街道——他们正前往长老的住处。

长老正在做礼拜，身后的一只香炉让气味浓重的烟雾撒满了墙皮剥落的房间，他的随从命令他们安静地看长老做礼拜……人们来了，无论是大人物们，还是那些流氓地痞，都从四面八方来到了长老这里。他们刚刚进来，不待他们张口，长老就点明了他们的来意。在他们尚未提出要求时，长老就给了他们答案。什么病人啊，小偷啊，就连当年杳无音信的人，他都能说出他在什么地方……礼拜结束，他看了看白哈·哈吉，就责怪他说：他这里不能办他们想要做的事情，因为那需要特定的、必需的仪式和规则。做这些之前，先需要安托尼贝克向法院呈递要求。

白哈·哈吉对自己的打扰表示了歉意，并亲吻了长老的手。长老摸了摸他的头，对安托尼贝克露出了鼓励的微笑。

翌日清晨，两人去了法院。安托尼贝克递交了请求，表达了他想退出自己教派的意愿。法院里的人们告诉他，他们将前往大主教管区询问，然后才能给他回答。教区将会给他送来神父的劝告，让他改变初衷。如果他不是十分执着认真，神父会把他的改变告诉他们……这一切完成之后，他们才会同意他的要求。

办手续的时间很长，有点儿复杂，经历了好几个月。其间，白哈·哈吉忠诚而热情地陪着安托尼贝克，牧师还到白拉尼斯见了安托尼贝克……那是一次因受委派而做的有意思的旅行，以说服想放弃自己原有教派信仰的人回归……牧师断定，这件事跟哪个教哪个派无关，这两个人肯定可以从中渔利。按照惯例，这件事的背后肯定和女人有关，私分遗产或其他的一些什么……在与他布道中所说的天堂的岸边十分相似的纯净的海岸边，尽管沙漠上干燥的风鼓满了他宽大的黑色的外袍，不停地折磨着他，但伊丽娅却让他的精神享受到了亲切，从内心里祝贺安托尼贝克做出的决定。但是，表面上，他却以惯有的忠诚与安托尼贝克争论着，想说服他。尽管他明明知道，面对这个俨然像从大自然中生长的小树的精灵，他的争论和谈论都将随风而逝……神父离开了，向教区提交了一份报告。教区又将其转给了法院，法院要求安托尼贝克去一趟，通知他的请求被同意了……之后，白哈·哈吉和安托尼贝克一起回来了，并亲自见证他念了清真言，完成了他皈依伊斯兰教的手续……之后，骆驼将他俩带回了沙漠，一些矿上的人们和贝都因人打着旗帜、敲锣打鼓，欢呼着为他俩开道。

山洞周围的木板房张灯结彩，山坡上的木头柱子也插上了彩旗、打上了灯光，宰杀的小牛被分给了山上的穷人和流浪者……白沙利叶的年轻人举着他们古老的十字形刀剑和盾牌来了，让整个地方都因他们的舞蹈和歌唱而欢腾。阿里长老和白哈·哈吉站在山洞口，向天空射出了希望和吉祥的子弹。

在那偏僻之地的夜晚，谁也没有注意到那些被宰杀的牲口和粪便的气味引来了凶猛的鹰群，从周围的山巅上把埋藏着东西弄了出来。

它们远远地盘旋着，伺机待动，等待着人们的疏忽和困倦，从高高的天空上突然降下。片刻之后，再振翅高飞，鹰爪上抓着被宰牲畜的头或腿!

就这样，伊丽娅嫁给了阿卜杜拉，原来叫安托尼贝克的阿卜杜拉，或者是外国人阿卜杜拉——这名字是山里贝都因人的名字。

而她，这大山的姑娘、大山里迷人的小精灵和它那散着孤芳的鲜花，变成了这大山的女主人和它的女王！是国王陛下夺去了她的无邪和童稚，让她具有了心甘情愿地拥有这一切的王后的心理。童年时，在她像粗野、狂暴的岩石中一株光艳的雌性小树自由高傲地赤裸着身体时，皇家的感觉就在自然地成长着。

于是，她轻而易举地控制了阿卜杜拉先生，指使着他，仿佛他是她的孩子！

一整天，尼古拉都在山里，忙于挖那口通风的竖井。伊丽娅则负责矿井外面的工作,用她从父亲那里获得的经验和能力，让各种工作井井有条。

晚上，伊丽娅总是把做好的晚饭摆在俯瞰着矿井天井的玻璃阳台上。尼古拉先生在洗去挖井的尘土和滑石的粉末，披上了居家外套后，注意到伊丽娅的身子很不正常地胖了起来。于是，他开始注意起来。几个星期后，他肯定伊丽娅怀孕了。随后，他开始算起了日子，最后断定她的怀孕和她的这次婚姻无关。于是，他低着头躲进了自己的房间！

事情犹如重重的巴掌狠狠地打在他的脸上，他绝对没有想到！他造了孽，但已经勇敢地接受了惩罚。但他可没想到，这个罪孽竟种下了种子，埋藏在深深的、黑暗的肉体里，享受血液的浇灌，正在结出一个活着的生命，以不尽的诅咒追随他终生！

他不再下矿了，也不再离开他躲进的那个房间。安托尼贝克帕夏来了，伊丽娅来了，但他始终沉默无语。他的目光游移着、双唇颤抖着，从脖颈上可以看到他的喉结在动，仿佛欲言而不能。

大家注意到，对他孤独的惊扰，让他十分不满。于是，除了伊丽娅，谁也不去打扰他了、

早上，她给他送去早餐；中午，又给他送去午饭。但是，她发现，早饭根本没被动过。

她从开罗为他请来了医生，当医生准备给他进行检查时，尼古拉暴跳如雷,把他赶出了房间。那些正在分拣着滑石矿石、将它堆放在仓库检查员身边的阿巴比代人，看见那个医生跌跌撞撞地逃出房门，摔倒在小屋的扶梯上，滚落到他们面前的沙地上。随后，从尼古拉房间扔出的是他的医药箱、花瓶和几只鞋！

伊丽娅急忙走过去，用双臂搂住尼古拉，温暖着他、安抚着他。但是，尼古拉一把将她推开，在房间里踱来踱去，仿佛一种不能承受的痛苦在挤压着他。突然，他停下脚步，抓紧她的双腕,让她站在自己对面。片刻之后,他不安地盯着她的眼睛，声调也变得柔和了，乞求她把胎儿打掉。伊丽娅大吃一惊，说她的丈夫希望她保住胎儿。于是，他爆发了，狂吼地骂着、诅咒着他的合伙人！

黎明之前的两个小时，尼古拉清醒了，听到了微光闪闪的沙漠之神从遥远的地方带来的声音……可能是他焦虑的、警觉的精神无法让他入睡，也不能安静，他的双耳之前就已经听到了这些声音。于是，他眯着眼睛继续听着，终于听清了那是一些节奏漫长的悲伤的吟唱。他睁开眼睛，全神贯注地听着，终

于明白了那是艾布·哈桑·沙兹里的信徒们的先遣队出现在了沙漠上，进行他们对他的冬季朝拜。

他精神紧张地翻过身，仰面朝天，那节奏悠缓的音调将他内心的痴迷引向了灵魂的安稳和内心的宁静。他伸手点亮了灯，看看表，急忙穿上裤子和衬衫，把双脚塞进了皮靴。然后，离开了他的木屋，穿过天井，向矿井口的方向走去。待到靠近井口时，又绕了过去，开始向岩石上攀爬，那慢悠悠的哼唱穿过黑夜，显得愈发清楚和接近。

这就是艾布·哈桑·沙兹里的信徒们正在对他进行小朝，每年都是在这个固定的时间，从不同的方向，通过不同的路径来到这里。他们身份的巨大的差异就如他们走过的道路一样，令尼古拉感到吃惊……他们中间有工人、牧民、贝都因人和富有的村民，也有社会上层的先生们、医生、法官、教授和大臣们。他们从所有生活着穆斯林的土地上，奔向东部沙漠伊扎布山谷中的这个地方，这地方隔着海岸与穆斯林们的天房的所在地麦加相望。在被山谷环绕的大山的中间，他们围着那个简陋的很小的墓地游转，把他们的歌声送到他那圆形的坟墓的顶上。坟墓上已经有了很多小鸟的巢……奇怪，怎么会有鸟巢呢？鸟雀是从哪里飞到沙漠里来的呢？

艾布·哈桑·沙兹里的奇迹之一就是在他去世之前，他往他现在的坟墓旁边的那口干枯的井里吐了口吐沫；然后，他命令门徒把井修复。于是，那口井真的有清甜可口的水了！

尼古拉不停地在山岩上攀爬着，仿佛他焦虑的灵魂在推动着他，驱使着他凭借自身对岩石突兀缝隙的经验，爬到伟大的德尔希布山岚上。从那高峻的山巅上，他可以俯视到山的另一面，看到从哈法菲特山的石阶上伸出的蜿蜒曲折的小路正以它尖利的岩石，承载着这些人们用马和骆驼拉着的车子。车上装满了面粉、甜食和待宰杀的牲畜，承载着他们的思念、热情和他们拜谒这位逝于七百年前的人物的焦渴与热望！

尼古拉独立于德尔希布山巅，近在咫尺的和遥不可及的千百万星宿用轻柔的微光让夜的深邃披上了亮光。他思索着，一个男人是如何离开了他的祖国禁欲修行、走遍大地，不断的成长，使他的血肉之身摆脱了作为人的行尸走肉，获得了重生，不断升华，不断变轻。最后，他能够升腾而起，走上奔向真主的道路……他的信徒和追逐者们肯定也已经到达了目的地。

艾布·哈桑·沙兹里……这个名字已经被用拙劣的阿拉伯文字写在了他最后的住所的墙上，在有着数百个鸟巢的极其简陋的小小的拱顶的下面。要知道，沙漠里是没有鸟雀的！

那时，他说："你被欲望引诱，甚至被欲望战胜时，想与自己作战吗？你难道不明白，心是一棵用顺从的血液浇灌的树……你不要像那个说我不要治疗痊愈的病人一样，因为别人对他说：你就是治疗也不能痊愈，要战斗，要进行圣战——没有甜美只有矛尖的战斗。与你自己战斗，这是最大的圣战……"

但是，尼古拉，你现在该如何与自己战斗呢？事已至此，它的种子已经植下，结出果实，并在长大。在这大地上，一个有血有肉、能行能跑、能大声喊叫、能肯定你的罪孽的生物将出现在你的面前……伊丽娅对他说：尼古拉，我给你带来了一个孩子，他会很可爱，让你开心，让你成为姥爷！

伊丽娅分娩了，生了个男孩，但他拒绝去看他。

他自忖道：伊丽娅，你带来的是多大的晦气啊！……一个孩子，一个让我同时变成父亲和姥爷的孩子！

在他那燃烧着强烈的渴望的伫立中，他看着信徒们用车子载着干粮和礼物到沙漠深处去朝拜他们的长老的情景，不禁想到：如果他从这山巅跳落到其中的一辆车上，他们就会把他带到那里。他就可以在黎明时分在艾布·哈桑·沙兹里长老的坟墓前贡献牺牲，然后跳到空气中间，浪迹在周围的记忆天地，从心中拂去愁苦和焦虑，卸去灵魂上的重负，变得心静体轻。罪孽摆脱，获得自由；离开他的人身，获得自由……但是，他又感觉到，如果他陷入尘世的全部记忆，就无法将重负从他有罪的灵魂上除却，即使贡献宰牲也无益，牺牲的鲜血绝不可能清洗他的罪孽。

当尼古拉做出最后的抉择时，晨曦还隐藏在遥远的天际……当它开始沉落时，尼古拉迅速地跑了出来，不顾那些刺进脚板的尖利的岩石，跑进了天井，经过自己的房间，向安托尼贝克和伊丽娅——他的朋友和女儿的房间跑去。然后，环绕着那木屋的墙壁跑着，最后停在了伊丽娅的窗下。

一片寂静，没有声音，他放心了，又走到旁边的窗前侧耳细听。噢，那个孩子也是静静的，没有任何声响。

尼古拉屏住刚刚还是急促的喘息，转过身去，脱掉皮靴，登上了木屋的扶梯，从夫妻两人的房前穿过，直奔紧挨着的孩子的房间，握住了门握手。那时，他特别怕门是锁上的，可他却感觉到门把手已经开始在手里转动了。显然，他心跳加速，呼吸急促。他悄悄地潜入漆黑的房间，摸索着寻找孩子的床。一到床边，立刻伸出双手将他抱起，唯恐把他弄醒了；然后，又像他进来时那样，悄悄地离开了房间，小心翼翼地下了扶梯。

待赤裸的双脚触及到沙石时，便飞奔起来，离开了房子，穿过了储放矿石的场地，向通向沙漠的山上跑去。他的速度愈来愈快，仿佛怕被别人追上。

尼古拉抱着他的罪孽之果——一个小小的、光滑的、热血涌动的躯体，在天井里红色的石块上狂奔。这种红色已经溶化在黎明微呈时覆盖了万物的灰色之中……奔跑着，终于跑上了通向大道的长长的坡路，这是那些车辆、骆驼和从沙漠走向德尔希布时经过那里的人们的双脚踏出的一条路。

那条大路上空无一人，尼古拉左顾右盼，然后又看着他的双手紧紧地抓在胸前的那个包袱……穿过大路后，尽是尖利岩石的山峰显现在他眼前,其高度约是德尔希布山的一半或更低。如果穿过这些山丘，它的后面就是无边无际的沙海，满是漫漫的荒凉，无食可觅。每天都会有几十头狼在此丧命，那腐烂的尸体则喂养了从未被饿死的几十头鬣狗。

尼古拉急切地穿过了那条路，站在山丘面前，用双脚摸索着向岩石上爬去，抓着包着那孩子的包袱的一只手紧贴胸前，另一只手支撑着他攀爬。不知过了多长时间，尼古拉终于发现自己已经到了这个山丘上的一块岩石上。岩石的周围，俨然俯视寂静沙海的阳台。他站在那里，那灰色的、荒蛮的静寂令他的心紧缩。突然，鬣狗的嚎叫传到了他的耳中，寂静不再了。他的心颤抖着，只觉得自己的两条腿不停地抖动着，疼痛折磨着他。在冰冷的寒风中，他把那个包袱放在一块大石头上，自己则在旁边的另一块石头上坐下，揉摸着自己的两条小腿，只觉得它的疼痛愈发严重了。因为在他攀爬的过程中，岩石已扯碎了他的衣服，磨伤了他的双腿，并流出了鲜血。他靠在自己坐着的那块石头上，沉重地任自己喘着气，并紧紧地盯着那包袱……那是他的儿子，他的外孙和他的罪孽。令他吃惊且不解的是，那个孩子竟然没有啼哭。于是，他急忙走了过去，用两只战栗的手和一颗抖动的心打开了包袱，第一次看见那罪孽之果，继而凝视着。

那双眼睛闭着，这个小小的肉体竟如此安静，这使他惊奇不已。自从伊丽娅把他生了下来之后，这个小东西的哭叫始终会穿过他的木屋和伊丽娅木屋之间的木板隔墙进入他的耳中。那种婴儿的尖细的哭喊声不断地进入他的头脑中，刺痛着他；可是，他现在为什么如此安静！

他用手晃了晃那个小包，那双眼睛始终闭着，小小的肉体依然安静不动，一种恐惧从他的心头升起。当他带着这个小包袱从木屋里逃出、穿过矿山上的斜坡到达大路时，那个小包袱里的活动抓挠着他的心，也燎烤着他的神经和感觉。莫非当他穿过岩石高地时，那紧握着小包袱的拳头已经扼杀了里面的活动和生命吗？

尼古拉远远站立，用僵滞的目光凝视着岩石上那个已经打开了的包袱……包袱的中间就是那个安静的孩子，细细的小胳膊已然垂落在岩石的冰冷之上，两只瘦弱的小腿暴露在狂野的荒凉之中。

他用自己想象的耳朵听到了在那万籁俱寂的沙海里，鬣狗的嚎叫越来越重……那嚎叫终于变成了一个在岩石上爬动的野兽，用尖利的牙齿抢夺这现成的食物。

他用自己想象的眼睛看到了一只有着棕色羽毛和黄色鸟喙的凶猛的鹰隼在天空中盘旋，一圈又一圈，一圈比另一圈大，一圈比另一圈低，做着准备，终于扑了下来，用它的利爪抓住那个为它准备的猎物。然后，腾飞高空，将其作为为尼古拉开脱和他的忏悔的牺牲！

他用双手蒙住脸面，从那岩石之中纵身跳下，并越来越快地坠落……

第十五章

伊丽娅醒了，每天这个时候，孩子要吃东西的哭声都会把她吵醒。

她躺在床上等着哭声，但没有听到。于是，她懒洋洋地爬了起来，打着哈欠，离开了床，开始从母亲大伊丽娅送给她的那些高档的盒子里取出调制孩子早餐所需要的食品，把它放到火上去煮。然后去洗脸，随后，向仍在她旁边的床上张着嘴打呼噜的安托尼贝克投去了鄙视厌恶的一瞥。食物热好了，她小心翼翼又有些笨手笨脚地把它装入奶瓶，拿着奶瓶向孩子的房间走去。当她的目光刚刚落到孩子的床上时，顿时大吃一惊，孩子不在那里。惊讶了片刻，她开始在房间里找来找去，仿佛那孩子自己能够从床上走到另外的一个地方去。但是，当她确定孩子不见了时，便放下手里的东西，急忙跑到丈夫的床前，拼命地晃动着他，把他弄醒了。她丈夫惊惶失措地爬了起来，跑到那张空空的床边，亲自确定一下她是否说的是实话。这有着王室血统的孩子的失踪太突然了，他迅速跑到尼古拉的房间里，看见他的床也是空空的，便转过身来对跟在他身后的伊丽娅肯定地说，这事是尼古拉干的！

初升的晨阳已用它金色的霞光笼罩着山岚，矿上的工人们已从他们那尚未消除他们辛苦的睡眠中醒了过来，点上火，煮起了红茶和蚕豆。突然，所有的人都看见那个外国人阿卜杜拉穿着红蓝白条纹相间的睡衣从木屋的扶梯上跑下，奔着他们的帐篷而来。他那种慌乱的样子令他们吃惊，又是在这么早的时间。更让他们吃惊的是，他们估计肯定是出了什么不同寻常的大事了。

他扰乱了大家的早饭时间，咆哮着，把命令甩给了他们：一些人到洞穴里去找尼古拉；另一些人立刻备好吉普车。

进入洞内和去矿井口周围的山坡寻找的人们回来了，一无所获。吉普车开来了，安托尼贝克上了车，尽可能地塞进了能容纳下的阿巴比代人，开足马力，穿过从矿井中伸向沙漠的斜坡去寻找尼古拉和他那有着王室血统的孩子，而让伊丽娅独自留下。她远远地眺望着为天空镶上了金边的晨阳，感受着，思索着……她恐慌、烦恼;但是，这恐慌和烦恼中又掺进了安静，仿佛是一种投降和传递，发生的事情与她最初拒绝这个被用暴力植入她的子宫里的孩子的感情完全吻合。

她那儿童般的感情尚未使她的母性成熟！对于她来说，当她仰面躺在床上时，她母亲的那位经验丰富的意大利医生的双手伸入她的体内，将那个黏滑的肉体从她的子宫里拽出来时的疼痛该有多么巨大！就是这个黏滑的肉体用无数的义务束缚了她。她要给他吃的，要给他清洗。每天，那个外国人阿卜杜拉从睡眠中醒来，就会立即开始实施他对孩子的监督计划，让她关心孩子。这一切迅速地引起了她的厌恶和不满。

这就是外国人阿卜杜拉，在他面前，她没有任何自己承担义务的感觉，只有后悔……她清晰地记得，那些夜晚，她的身体被他的口水和汗水弄湿；而她，只是在参与伊格巴勒·哈妮姆的不光彩的游戏，是她把自己掷入了一桩不平等的婚姻。但是，又是自己心甘情愿的，并得到了自己的同意！

中午时，他出现了，把那个破烂的、浸满鲜血的包孩子的包袱丢在她面前。她惊恐地尖叫着，用那双泛着淡淡的粉红色的手掌捂住了两眼。尽管她已经做好了准备，面对孩子的丢失，可她准备面对的是一种精神的丢失，而不是有任何物质形态的丢失。她没有准备目睹鲜血，鲜血的颜色撞击了她透明的灵魂，丑陋和狰狞闯了进去……她崩溃了，瘫倒在床上哭了。

对自己的鲁莽，安托尼贝克有些后悔了。他是以一个因瞬间失去了最重要的所有，却又无法捍卫的人的全部的仇恨和愤怒的情感，把那个浸满鲜血的包袱扔在了她的眼前！

那时，他开着满载着工人和阿巴比代人的吉普车，从天井冲到大路上，并找到了矿山上最善于探寻踪迹的阿巴比代人海尔拉。他嗅着土和石子的气味，仔细地查看着；然后，让他们跟着他，走到山脚处停住了。吉普车不能继续前行了，大家下了车，有些人跟着海尔拉爬到了山顶，站在了尼古拉献上他染血的牺牲的悲剧性的岩石上，看见了印着鲜血的动物的蹄印。紧接着，又看见了破碎的浸透深红色鲜血的白色的包袱……他们低下了头，收集着包袱的碎块，把它们卷起。

他们中的一个人选择了一个合适的高度，放眼无边无际的沙漠的空旷，搜寻着尼古拉的踪迹。良久，他抬起手，向充满危险的恐怖的沙海挥了手，断定:此时此刻，尼古拉就在那里。

以前,他难道不曾游向鲨鱼的牙齿之间以求自杀吗？那么，今天又有什么会阻止他这样做吗？

大家拿着那个包袱下了山，把它递给了在山下的汽车里等着结果的外国人阿卜杜拉。这结果给了他狠狠的一记耳光，他真希望尼古拉已将自己罪恶的、魔鬼般的灵魂淹没在这沙海里了……

艾布舍尔对尼古拉的再次自杀表示怀疑。他说服了海尔拉留下来，继续搜寻。于是，两人一起嗅着那块岩石的边缘，仔细地观察着它。但是,浓烈的野兽身上的臭气令他俩感到恐怖,臭气里掺混着血腥气，迷漫在整个地方，穿透了岩石上的每个毛孔。因此，绝对不可能再从土里嗅到尼古拉的气味了。他俩又把希望寄托在那些石子上，设法从石子的状态中找寻尼古拉的脚印。最后终于发现，尼古拉失去了自身的平衡与稳定，遭受了许多野兽的踩踏。毫无疑问，那些动物曾经在他的身体上进行了一场野蛮的、血腥的争斗,颠覆了他机体的秩序和平静,让他永远消失了。尼古拉的脚步永远消失了!

艾布舍尔总是这样。

在大海里，当尼古拉自己投入大海，向深处的鲨鱼洞游去时，是艾布舍尔的呼喊，聚集了人们并拯救了尼古拉。

艾布舍尔从伊丽娅那里回来，对大家说，现在唯一的办法是向深井里喊叫，这是他们那里寻找失踪了的人的古老办法。他们应该去找一口旧的井，让伊丽娅在井口，向里面呼喊尼古拉的名字。如果有回声，证明尼古拉还活着；如是井里没有任何响声，把那呼喊声吞噬了，那么，尼古拉就真的在那骗人的沙海里结束了自己的生命。伊丽娅满怀热切的希望，看着艾布舍尔的双眼，仿佛要在这漆黑的双眸里读懂他坚信尼古拉生命还存在的内心。

她把目光转移到了他的身上，仔细地打量着这个贝都因人的身躯，仿佛像第一次看到他似的。她坐在汽车里，而他就站在她的近旁，感觉到了接近他的热诚，听到了他一次又一次的心跳……

这就是艾布舍尔，她孩提时代的伴侣；她在沙漠的岩石和沙丘之间嬉戏玩耍的伙伴；尼古拉在这山上建设自己的城市时，她严肃认真的态度的守护者和她承担的责任的践行者。

他已经变成了她的一种熟悉的、经常的景象，此时此刻，她为什么要用自己的眼睛去触摸他的内心？她在寻找着什么呢？

仿佛那个沙漠中的充满浪漫的暴动者伊萨的灵魂正在俯瞰着她，就像当年他用这两只在儿子的身体上生长的眼睛俯视她的父亲一样！

伊丽娅让大家上车，去找一口井。艾布舍尔跳到她身旁的司机座上，驱动了汽车，目不转睛地注意着崎岖的道路，小心翼翼地不让车轮碰到岩石尖利的突起和边缘，冲下了一条道路，又随着它爬了上去。围着德尔希布，攀上了山的两边，那晦气的废井远远地出现在了他们视线里。自从那悲惨的、搅动心肺的事情发生以后，他们认为这口井已经进入了人们的遗望之乡。当他们开始德尔希布的工作时，曾对这口井进行消毒。于是，三个男人——伊萨和他两个同伴的尸骨就在这里消失了。

汽车的轮子已经无法跨过岩石周围狭窄的地方了，艾布舍尔下了车，其他人也下了车，跟在他身后向上爬着。不禁想起了几十条毒蛇围在井口周围，爬上爬下，缠绕着，转着，发出了嘶嘶的叫声。但是，现在的井口空无杂物，只见一块旧铁板的残存。当时对这口井进行消毒且等尸体消失之后，阿里长老用这块铁板把井口盖上了，现在只剩下这残留的一部分，另一部分早已锈蚀破烂了。艾布舍尔走在大家前面，其他人跟着他，小心翼翼地踏着石子，仿佛唯恐他们记忆中的那数十条毒蛇从他们的脚下钻出来！

艾布舍尔展开他肌肉健壮的双臂，把那块铁板挪到一旁，转过身来，请伊丽娅走到井口前，并向井里呼叫尼古拉，像她以往那样呼叫尼古拉。伊丽娅到了井口边，倾下身体，让自己的嘴和井口平行；而艾布舍尔则从后面紧紧地搂住她的腰，让她大胆地倾斜着身体；其他几个人又紧紧抓住艾布舍尔的腰，做好了开始的准备。艾布舍尔便对伊丽娅大声喊道：伊丽娅，现在开始喊吧，用你对尼古拉的思念的心，用你为他焦虑的心喊吧，对着井口喊他的名字！伊丽娅鼓足了劲，让双脚踩住石子，冲着井口呼喊尼古拉的名字。可是，并没有声音从她的嘴里传出！艾布舍尔止住了她，让她喘了口气，调整了一下呼吸。然后，让她再次弯下身体，他搂紧她的腰，其他的人又搂紧他的腰。伊丽娅喊出声音了，呼喊着她父亲的名字。那各字从井口传入，从井口传到井底，只是短暂的片刻，却长若一生一世。所有的人都屏住呼吸，等待着回声的到来，或是代表他已经死亡的无声的沉默。那声音刚穿过井口，它的回声就从通向井底的长长的通道中荡起，迅速地、连续不断地升起，传到了他们耳中,仿佛有一千个名字被掷入井里。兴奋在众人心中舞动着,伊丽娅已经无法自持，接连不断地呼喊着，竟仿佛像尼古拉的心在呼喊着，以回答伊丽娅的呼叫。

她的声音化作千万个各字飘荡着，从井底上升到他们耳边。艾布舍尔拼命地搂紧她的腰，安抚着她的激动。她真的无法控制自己了，紧紧地把他拥抱在胸前，急切地问他还能做什么。艾布舍尔把自己棕褐色的身体从她那珍珠色的双臂中挣脱出来，低着头对她说：尼古拉还活着，就在这浩瀚的沙漠中的某个地方，他们只能继续寻找。

浩瀚的沙漠向这两种肤色——黑色的和白色的、艾布舍尔和伊丽娅一起展开它的胸怀，就像以前曾经向伊萨和尼古拉展开它的胸怀一样。这里的心从不会失望，同样的经历会不时地让人经历，甚至会反复经历!

载着他们两人的吉普车沿着前面的道路顺利地向艾布·哈桑·沙兹里长老的坟冢开去。说不定在他做了那件带来凶兆的事情之后,已经先行到达了这位七百年前的笃信的逝者的墓地,以在他那奇迹显现的井里，洗去他那深隐的愁苦——连伊丽娅都无法探索这愁苦的深重。他俩到了墓地，只见旷野空荡，只有几百只鹰隼在高地上盘旋，仿佛在欢庆一年一度的佳节。然后，俯冲下来，用它们的爪子抢劫着曾经在这块土地上举行的纪念活动的残余—信徒们离开之后留下的牺牲的蹄足和内脏。

那时,已经一百一十岁的老人加米伊还按照他一贯的姿势,坐在他的一条半大腿上，仿佛在失去视力后，他是用两只耳朵在观看。而且，他仍然在人们面前为此炫耀，他是如何在这漫漫无际的迷宫般的沙漠里，守护着偌大的墓地。可实际上，他是以此保护自己。

这里没有尼古拉的影迹。

汽车带着他俩穿过了盘旋的山路，在沙漠的道路上狂奔，搜寻着一座又一座分散的矿井，走过了很远很远的路程，向所有遇到的赶车的人和拉骆驼的人询问着尼古拉。但是，都没有得到肯定 的回答，就连那些沙漠骑兵、赤着脚一寸一寸行走在沙漠中的岩石间和沙土上的牧民们，从尼古拉最后一次在德尔希布给他送上水和大饼之后，都再也没有听到过他的消息，也没有看到过他的踪迹。

一路上，伊丽娅一直从那些慰藉性的回答中汲取着坚强的力量。艾布舍尔展现出的热烈的、模糊不清的安心让她驯顺地坐在那里，沉入了对各种事件的臆想里，只觉得她的灵魂正在她的体内喧嚷，一种类似启示的确信控制着她的心。如果尼古拉消失了，她将继续他在沙漠里已经开始的一切。很久以前，尼古拉凝视伊萨的双眼时，就有一种具有穿透力的、模糊的迷惑控制了尼古拉的灵魂;现在，当她凝视着艾布舍尔的双眼时，控制着她的灵魂的是否就是与那种迷惑一样的力量呢?

突然，伊丽娅伸出了柔软的、洁白的手指，用指尖轻抚着艾布舍尔黝黑的面庞，感受着他光滑的皮肤。艾布舍尔扭过头来，看了看她。

艾布舍尔用一双轻柔的目光抚摸着伊丽娅的脸庞，然后，正过身来，将目光投向了他们正走着的道路。忽然，远处一个移动的小点吸引了他，他立即集中目光望去，发现那个小点竟然是一个人……他在艾勒赫里特谷地边上停下了汽车。这条谷地又宽又长，一座又一座沙丘接连不断地排列着，竟然有一个人在这些沙丘中间行走着。艾布舍尔十分惊奇，心脏开始急剧地跳动着，扳着伊丽娅的双肩，用手指为她指向那个移动的小点……伊丽娅仔细地观察着，不禁问道，莫非尼古拉迷失在了这浩瀚的沙丘中间！艾布舍尔跳下汽车，喊叫着让她跟着自己去探个究竟。

他在谷地的边上蹿跳着、奔跑着，跟在他身后的伊丽娅不时地从沙土中拔出深陷的双脚。终于,两人完全接近了那个人，能够看清他的面孔了，吃惊使他俩再也不能向前移动一步了。在距他俩前方一石之遥的地方，他们看到的是茫然失措的阿卜杜拉白·凯尔亚布。他正在拉着埋在沙土里的渔网的绳索，把网收起，待整张网已被他攥在手里时，他开始仔细查看，结果，没有找到一条鱼。于是，他生气地将头歪到一边，又把网向远处撒开。随后，便趴在沙地上哭着……片刻之后，他重新又把网收起，然后又将其撒在沙地上抖动着，仿佛要把落入网中的贝壳、垃圾、海草全甩掉。然后，再一次把网向沙地抛去，希望这次能捕到鱼。这灾难性的场景使艾布舍尔的脸色骤然突变，万分遗憾地晃动着阿卜杜拉白·凯尔亚布的身体。伊丽娅的心战栗着，这就是他们两个人的老朋友的终结！

尾　声

尼古拉苏醒了，睁开双眼，眼前只见黑暗。当他试图动动双脚站起身起来时，发现自己的骨头已经僵滞了，只有贯穿周身的冰凉在其间潜行。于是，他用自己同样已经僵滞的双手去按摩双腿，结果，又酿成了无法承受的折磨。他放弃了双腿，把上半身抬起，支撑着站了起来，让双臂放松地垂了下来，便一动不动了。

尼古拉，这就是你所梦想的时刻，它已经到来，你只需耐心地、安静地等待，不要用任何动静去打扰它。这种状况已经从你的两脚、你的双腿和你的一对肩膀开始了，这种僵滞将扩大到你的双臂，然后潜入你的整个身体，使它变得僵硬。最后，将如你所梦想的那样，你将融化在大自然里，那以其诱人的野性的灵魂迷惑了你、使你离开了你生活的城市的大自然里。

你正在变得僵硬，变成你将自己的心、脑和灵魂都献给了它的伟大的德尔希布山心脏上的一块岩石。

毫无疑问，那个古老的奇迹正在你这里出现，它以前难道不曾在布加特部落的先祖卢卡·卢旺卡那里出现吗？当他把自己的心、脑和灵魂都献给了阿勒白圣山顶上的那个山洞时，他变成了一块岩石，被许多山石环绕，清冽的泉水崩涌而出，周围长出了参天的圣树，白色的公羊在那里欢乐嬉戏，俨然像水中的幽灵。

尼古拉，那是一个真正归顺的奇迹，也将在你这里再次重复。

当他为自己的罪孽付出了代价后，良心的焦虑、灵魂的折磨重新又返回，只觉得内心没有丝毫的能力面对任何人。于是，他走向了他的隐蔽地和避难所——德尔希布，进到山洞里，继续向下走着，到了那些通道的入口，并穿了过去。他非常熟悉他的隐蔽处和避难所。

这里，他到了最旧的上层的隧道。当初，人们从岩石间弄走滑石矿石后就停止了继续开采，在山里留下了弯弯曲曲的废弃的通道，俨然像布满灰尘的血管。

这里，尼古拉，你可以将你的灵魂所承受的全部折磨隐藏起来，像一个子宫里的胎儿，或像茧里的蛹一样蜷缩在一个小小的封闭的洞里。你绝不需要食物，因为你内心里的痛苦，已经足够咀嚼终生了。

德尔希布的工作停顿了三天，尼古拉隐身在大山中部旧有的高层通道的洞穴里的岩石茧里，无食可进，无水可饮。入夜，当那些木屋和工人们的帐篷处的动静变得微弱了、消失了，场地上一片寂静时，他就从藏身处溜出来，用两只臂肘和一对膝盖摸索着下面的岩石，爬过那些发热的通道和冰冷的隧道，寻找在那些被深绿色遮盖的白色洞穴里干活的工人遗留下的水袋……在那下雪的天气里，啊，尼古拉！你几百次地站在那里，在了不起的德尔希布山里，为工人们画出了脚下行走的通道，你让他们用他们粗糙的手感受着这大山的内心。此时，尼古拉正用他的双手和双膝爬行着，寻找着一滴水……他爬了一小会，这是他的王国，从它那迷人的入口处向下深入一千米、在那些隧道中伸延了几十公里的王国。那里铺设了铁路，走着运送矿石的车辆，这一切都是尼古拉用他专家的头脑事先规划好的。

他用舌头舔了舔干干的嘴唇和上颌，用蹩脚的口音喃喃地吐出了一声阿拉伯式的谩骂，像一只衰老的猴子一样在纵向通道的梯子上爬着，回到了他为自己选择的洞穴——他的坟墓，他的茧！

第四天，尼古拉听到走下铁梯的脚步声渐渐充满了所有的隧道和通道，恐惧顿袭了他的全身。

他们竟然又开始工作了，没有他在，又开始工作了，重新使德尔希布充满嘈杂……喂，尼古拉！他们居然在没有你的情况下，继续了你开山的工作。一段时间之后，你将被遗忘，被丢入遗忘之乡……现在，他们在阻碍你最后的梦想，你绝不可以在这嘈乱之中僵硬或演变。或者，像以前的库卡·卢旺卡那样，变成德尔希布山里的一块圣石……

尼古拉一次又一次地呼喊着伊丽娅的名字，仿佛在向她求救，让她命令人们停下来。但是，伊丽娅没有去制止他们，敲击在继续，挖掘在继续。伊丽娅正在通道里追寻着尼古拉的声音，寻找着他，到达了旧有的上层隧道，发现自己是在围着一些支撑着一块巨大的岩石以免塌落的木桩间转来转去的……终于，她看见了形如幻影般的尼古拉，立即冲了过去。但是，尼古拉却恐惧地打量着她。当她那颤抖的手指触摸到他的面庞时，他哆哆嗦嗦地后退着，然后跳了起来，设法逃掉。他的一只脚撞倒了支撑岩石的主要的承重木桩，木桩倾倒了……岩石塌落了……

眼见着那块巨大的岩石把洞口封住，自己被堵在洞里了。伊丽娅开始拼命地喊叫着，并开始在一片漆黑中，用她那涂着指甲油的纤美迷人的指甲，抓挠着岩石……她的呼叫声穿过了一个个隧道，回荡着……

喉咙被塌落的灰土填满了，她已经不能继续抓挠岩石，转而在她尚能动弹之时，用她美丽的指甲抓挠自己美丽的脖颈。她的呼叫还在回荡，尼古拉在隧道里惊惶逃奔时一直都能听到。仿佛它正在追逐他、抓住他，然后把他送到伊丽娅那里……仿佛那惊恐的喊叫所充斥的痛苦、失望和惊奇正在责备他，呼唤着他与她留在一起……仿佛正有一个令人销魂的世界在向他招手。在那些坚硬的岩石中间，他们两人正以他的道德为担保，要像以前一样，肩并肩地生活在一起……一个男人和他的女儿，或者是一个男人和她的母亲，或者是一个男人和他钟爱的、贤良的女人……

在山里隐蔽的隧道里的黑暗岩石堆里，伊丽娅等待着他，一天又一天，一周又一周。也许他对她的眷恋会感动他，让他回到她的身边……可是，那时的他，正发出无人明白的谵语，时而高烧，时而冷战，冰雪般寒冷的汗水从身上滴落到他躺着的铁板上。人们给他盖了很多条毯子，不让他乱动，防备他再下到隧道里……这惹恼了伊丽娅，让她爆发了如火如风般的愤怒。于是，她将自己的灵魂释放出去寻找尼古拉，那傲慢的、狂暴的灵魂开始在廊道的顶部和通道里撞击，终于在德尔希布洞穴的岩壁上撞出了个洞，一层又一层地穿越，从它高峻的外层逃脱了……然后，融化在无边无垠的穹宇里了，再也没有人能够找到她了……

之后，她的愤怒愈发显露，并结出了果实，水流从她撞击的洞里汹涌而出。洪水泛滥，扫荡着隧道和通道，充满了它，淹没了它，任何人都不能再进入德尔希布，或者继续挖矿了。

阻止这些人逃跑的血缘关系到哪儿去了呢？

尼古拉把岩尘从嘴里吐出来，任风将其带走，自己则注视着木屋前破损的、被废弃的院子陷入了冥想。当初，就是这些逃跑的人们来来往往，在这里干活、吃饭、玩着纸牌、吵吵嚷嚷地喝着茶，或是诉说他们的愁烦。

他们所有的人都把自己的美德和丑陋表现出来了，并把它贡献在这山土之上，作为聪明、伶俐和放荡淫乱的牺牲……当他们仓皇逃离，把尼古拉一人丢在身后，让他独自一人在沙漠迷宫里的这座孤山里建立折磨他、让他赎罪的十字架时，他们是多么愚蠢啊！

就这样，尼古拉扭曲地伸着脖颈，用他沾满尘土的大手掌抹去从他赤裸的沾满灰土的身体上流淌下的汗水。结果，灰土充满了他身上的每一个汗毛孔。他被疼痛折磨着，全身上下都在疼痛。当阳光把那些空无一人的木屋涂抹上色彩时，这火一样的光让院子里的泥土、沙粒变得俨然岩石燃烧的灰烬，尼古拉喊叫着，啊，亲爱的伊丽娅！……但愿我顺从了你的意思，把我自己交给了你那声充满希望的呼喊，让它把我带到你的身边，让我们永远在一起！

太阳沉落在西方，浓重的灰色扩展着，遮盖了沙漠里的黄色、红色和绿色。渐渐地，笼罩了整个沙漠，难耐的炙烤慢慢地变成了拂面的热风，然后又变成了刺骨的冰寒……山岚逐渐变成了那无边无际的极限中越来越小的、臆想中的、神话故事里的鬼魂……尼古拉什么也看不见了，急忙回到了他的木头房子，让从那个瓶子里向嘴灌下的烈酒在他的体内点起了光亮，然后抓起毯子把身体裹住。

他又让自己的脊背靠着德尔希布结霜成冰的岩石蹲了下来。直到火星从东边的天空显现，用它淡淡的石竹花般的红色俯瞰着阿拉伯半岛……在那缥缈的云汉里，木星开始在浩瀚的沙漠上抖动着……尼古拉思绪万千，在上苍创造的无边无际的穹宇中游弋着、徜徉着。